nagai tatsuo
永井龍男

講談社文芸文庫

JN307423

目次

東京の横丁

東京の横丁

東京の横丁

神田の生れ

一庶民に過ぎない者の経歴を語るのに、その親兄弟の詮索から始めるのは、読者には興味のないことかも知れないが、しばらくおゆるしを得たい。明治三十七年（一九〇四）五月、私は旧東京市神田区に生れた。父は永井教治郎、母はヱツ、長男銈造、長女アイ、次男二郎、三男三郎の末弟であった。このうち三男三郎は幼少の折り、百日咳で死亡したと聞いた。

一人の嬰児が生ぶ声を上げ、一つの生命が、そこから始まる。八十歳に達して、いまさらながら不思議なことだと思う。意志といい、行動というものにすべてを托して、それを依りどころとする人間というものが、自己意識によることなく、ある父とある母との間に一つの命を与えられて、世に出る。この世の輪廻がそこから始まる。老齢に及んで、それが不思議な偶然と思われてくる。

明治三十七年は、日露戦争の火ぶたが切られた年なので記憶し易いが、それも八十年前のことになってしまった。五月二十日出生という戸籍上の生年月日は、その頃の一般の届け出があいまいなので、信じてよいかどうか分らない。五月十日とか二十日とか、人には答えている。

旧東京市十五区の土地を大別して、山の手、下町と呼んだが、私の生れた神田区猿楽町一丁目二番地は、山の手と下町のほぼ中間に在り、この辺から下れば駿河台下、神保町、錦町、小川町の下町に通じ、上れば駿河台、さらに神田川の深い谷間にかかったお茶の水橋を渡ると、本郷台、湯島台につながる。山の手、下町は東京市の地形による呼び名で、住人の貧富にはなんら関係はない。ダウン・タウンなどの呼称を真似てこのかた、そんな誤解もあるようだが、山の手風、下町風の風俗習慣、気質の相違はあっても、階級的な区別はなく、金持ちが邸外に建てた貸長屋に、貧しい人々の生活があったのは山の手でも下町でも同じことであった。

明治三十七年現在、旧東京市は、麴町、神田、日本橋、牛込、小石川、本郷、京橋、芝、麻布、赤坂、四谷、下谷、浅草、本所、深川の十五区を市街地とし、東京府下には南葛飾、南足立、北豊島、豊多摩、荏原、南多摩、北多摩、西多摩の八郡を行政管下に置いた。ちなみに、東京市内で最も高地とされたのは牛込区若松町の一二九、最低地は深川区千田町の四と、「東京案内」（明治四十年発行、東京市役所編纂）に記されている。その中で神田の最高地は駿河台袋町の七七、最低地は佐久間町三丁目の一二とある。数字はすべて当時の「曲尺《かね》」に依っている。

私の生れた当時の東京なり、神田という所を知ってもらうために、ひとこと書き添えたが、町としての特徴としてはその頃から学生の数が多く、したがって種々の学校、書籍商、下宿屋が眼に立ち、書籍商の中でも古本屋の店続きは神田の名物として今日も有名である。さらにミルク・ホール、手軽なカツレツとライスカレーの洋食屋、しるこや、そばやのれんなど、その上夜は夜で古本屋の前に三銭五銭均一の露天の古本屋が店をひろげ、油臭い今川焼を古新聞にくるんで売る店が、柳並木の下にほの暗い灯をともしていたりしたが、一方駿河台上には全国的に著名な各科の病院が点在し、学者や政治家の邸宅が多く、小松宮家の古風な洋館や西園寺公望の大邸宅のように樹々の植込みを背景に、請願巡査に門内を守らせるような規模の大きな建物も少くはなかった。こうした場所は、「お屋敷町」と呼んだ。

この辺一帯の高台には、まずニコライ堂があった。前記の「東京案内」には、「ハリスト復活聖堂」と記載され、「駿河台東紅梅町旧火消屋敷跡にあり、明治十七年三月露国人ニコライの創設に係り、雄壮なる建築にして、高塔天を摩す。円錐形の鐘楼あり、楼鐘八個をかかぐ。堂内には美麗なる装飾をほどこし、さん然として目をうばう。」と説明がある。日露戦争中にも事は起らずに済んだものか。

同じ東紅梅町の高台には、太田姫稲荷の社が眼に浮ぶ。小ぢんまりした構えであったが、お茶の水橋の向う河岸から、神田川を越えて社が眺められた。先日吉川英治氏原作の連続テレビを見ているると、この稲荷社に「忍びの者」の修業場が出てきた。甲賀町という町名が、市電の停留所として残っていた記憶がこのためによみがえり、よく調べて書いておられるものと感心した。甲賀町は伊賀者と並称される甲賀組の郷士が、江戸時代多く住んだ土地であろう。両者共に、隠密忍びの者の役を勤めた。

これからお茶の水橋の両岸にかけては、昼も閑散とした地域で、夜間は人影もまばらであった。

これが近衛師団の在る九段坂に近くなるに従って、軍隊用の器具を売る店がにわかに多くなる。軍隊内での用具の紛失が重く罰せられたところから生れた商売であろうか。

靖国神社大祭

九段坂を上り切ると、現在も靖国神社の大鳥居が聳え、左手の奥まった所に近衛師団跡が残っている。師団跡には数十年近寄ったことがないので、確かなことは云えないが、武道館の巨大な屋根の辺りが司令部の中心だったのだろうか。

私の少年時代、九段坂は現在よりはるかに急坂で、市内電車がその脇をゆっくり上下した。普通の電車道とは異って、枕木に直かに線路を敷設した、汽車の線路と同様な仕組が、子供にはまことに珍しかった。近衛師団の通用門下辺りまで大きく迂回して上り、それからさらに厓《がけ》下を左へ廻って麴町何丁目かから市街地へ出る光景が、東京離れした点では、四谷信濃町のトンネル界隈に似ていた。この急坂を削り交通の便を計った大工事がなされたのはいつ頃のことだったろうか、大正初期までは坂下にたむろする「立ちん坊」という自由労働者の商売があって、荷車を九段坂下で待ちうけ後押しをして労賃を稼ぐ位難渋な急坂だった。それが春秋二回四月・十月の靖国神社大祭の日には、上から下まで人間の頭で埋め尽されるほどの賑わいを呈した。

坂下から広がる神田一帯は云うまでもなく、三日間の大祭中は朝から花火が打ち揚げられ、子供はもとより大人達まで、なんとなく気が落着かぬものだったが、夜に入っての釣瓶打ちの光彩は、本郷台から牛込麴町辺りからも遠見が利いた。ドーンと一発、夜空に深く打ち込まれて、しばらく世の中をしーんとさせるのは大筒だが、それから火にくべた数の子のように、パチパチと止め度なく、青赤の小粒の玉をまき散らす。それで中休みかと思うと、金の芒が矢継ぎ早やに二重に三重に、傍に立つ人の顔が映えるほど明るく冴え、忘れた時分に遠く筒音を残す。

神田と麹町の境の濠割りに、まないた橋という小橋がかかり、人浪に押されて渡ると通称九段下である。ここからの右側は、坂の上まで隙間なく屋台店が続く。

「食べものからおもちゃ屋まで、なんでも売っていないものはなかった。いり立豆屋は、プスンプスンえんどう豆の弾ける音をさせながら、よくおこった火の上で金網作りの籠をゆすっていたし、金太郎飴屋はチョンチョン端から、小刻みに刃物を使って、金太郎の顔を飛び出させているに違いない。

上りも下りも、後から後から参拝客の途絶える時はなく、その人達の頭の上を吹きまわるのは、曲馬団の楽隊曲を乗せた風である。

そうかと思うと、ほら貝や大太鼓や、釣り鐘の音が、曲馬団の『美しき天然』にまじって、荒々しく砂ほこりを巻いて聞えてくる」

と、ある小説の中で、私は少年時代の招魂祭を描いている。

おそらく、靖国神社の大祭は、祭りとして日本一の規模だったろう。日本中の見世物が九段に集り、日本中の屋台見世がこぞって店を張ったに違いない。そのような渡世の人々が誇りをもって参集したと云ってよかろう。私は神田明神の祭りも知っている。これも東京では大きな祭礼の一つであった。

「空飛ぶ飛行機は、ナイルス・スミス」という流行歌の流行った頃のこと、明神さまの境内の見世物小屋に入っていた。「代は見てのお戻り、さあいらっしゃい」というのが、呼び込みのきまり文句だった。入って見ていると、小屋の外で「飛行機がとんで来た」という叫びが聞えたとたんに、みんな我れ勝ちに、お客は木戸銭を払わずとんで出てしまった。私はそうも書いている。

両国の川開きの花火も、やはりこの頃舟で見物したことがあるが、風情や趣向は別にして、九段の祭りは日本一だったと云える。

その靖国神社の境内の奥に、「遊就館」という建物があって、日清日露の戦利品を展観していた。これも少年時代の忘られぬ思い出である。大きな庭もあり、大祭中もここだけは静かだった。

ここの一室で、乃木大将夫妻自刃の際に着用した、血染めの衣服その他の遺品を眼前にし、さらに某知名画家の「元寇の乱」の大きな洋画を仰いだ記憶が、鮮明に眼のうちによみがえる。

後年、旅順に渡り「二百三高地」を見学し、「水師営」の旧蹟にも立ち寄ることが出来たのは、貴重な縁というものであろうか。

「元寇の乱」は、蒙古襲来の図であることは勿論だが、検束される画中の島民の男女は、いずれも手の甲に穴をうがたれ、そこに縄を通して波浪の洗う岩場を連行されて行く生々しい構図であった。子供ながら、この二つは骨身に徹した印象であった。日清日露の戦後に来るであろう、国の繁栄を夢見て、国民は祝福の花火を打ち揚げたのだろうか。

二つの展示品の印象を、当時の恐怖を籠めてそのまま少年の記憶をたどった。

駿河台下の横丁

父教治郎と、母ヱツは明治二十二年に結婚したそうだから、私は十五年目に生れた末子ということになる。

駿河台をお茶の水橋方面から下ると駿河台下の市電の十文字に達するが、その手前明治大学、旅館龍名館支店などに添って右に下るもう一つ小坂があり、私の生れた家は、その途中を右に入った横丁の奥の借家であった。横丁を入って右と左に各数軒の住宅、私の家は庭の向うを石垣でさえぎられ、桜が一本植わっていた。石垣の中ほどに、毎年枝を切られて節くれ立った桑の木があり、季節には赤い実がなった。その石垣の間に青大将が棲みついていた。石垣の上には、しばらくして明治大学の柔道と剣道の道場が出来、掛け声や竹刀の音や、掛け声もろとも用捨なく投出される体の地響きを聞くようになった。明治三十七年五月、私はその家で生れた。

横丁内は借家ばかり、庭つきの仕舞家《しもたや》ばかりの中に、始終煎薬のにおいを近隣にただよわせる製薬所と、三省堂の標本部とが二軒まじっていた。薬屋の主は富山県出身の三十代の人で、兄と一しょによく遊びに行ったが、最初庭に干された無数の丸薬を見た時はびっくりした。神保町の三省堂は、当時から辞書教科書の大手出版社として知られ、この横丁には理科用の標本を製作する分工場があり、各種の鉱石見本を作る関係で、その破片が四囲に散乱していた。雨が降ると地面の土が洗われ、様々な光りを放つ鉱石が美しく、子供達が競って拾い集めた記憶が残っている。

横丁を入るとすぐ左に、一と抱ほどの白蓮の樹がそびえ、その下に釣瓶井戸があった。井戸を前にした二階家の入口には、なにがし看護婦会の看板が下がり、その頃珍しい電話も架設されていた。急患の場合なくてはならぬものだろう。その井戸から三四間先きの右角に、鋳物作りの共同水道、龍頭を冠りにして今で云えば二メートル足らずの高さか、水道の鍵と呼んだ重い鉄のハンドルを各家庭ごとに持ち、水栓をゆるめて飲料水を汲んだ。洗濯の時は各自たらいをそこまで運び出して使ったので、井戸端会議同様、共同水栓の周りを三つも四つものたらいが囲む場合も生じた。

横丁には、八百屋魚屋をはじめ、物売りが絶えず出たり入ったりした。八百屋は大八車に青物の荷を満載、その他小引出しには塩鮭や干だら、目刺しの類も持ち、魚屋は天びんの両端に盤台を三つほど重ねたのを、威勢よく担いできて、その場で切身にしたり、刺身を作ったりした。ここまでは毎日の生活に関連する馴染みの商人だが、近海で鰯やさんまが大漁だとか、そら豆枝豆、なすきうりの時期をねらうにわか商人は四季数え切れない。甘酒屋、熊の胆売り、下駄の歯入れ、鋳かけ屋、桶のたが屋、さてはあんころ餅の曲づきと四季を通じて切りはないが、私の眼にいまだに着いて離れないのは、孤児院と廃兵院の行商隊である。

人数は共におよそ十人前後か、孤児院の男児も女児も着古した普段着のまま、十歳位を頭にゾロゾロと横丁の奥に集り、まず先頭がドラムを打ち鳴らし、孤児院の団歌を合唱した。「焼野のきぎす夜の鶴、子を思わぬ親がありしょうか」とか、「おッ父さまには死に別れ、おッ母さまには生き別れ」とか、歌詞は哀切極まりなかったが、院児達は過酷な世相に揉まれ続け、どの児も一筋縄では行かぬ面魂を持っていたから、張り上げる合唱は一種兇暴な響きで横丁中にこだました。

廃兵院の一行は白衣の胸に従軍章を着け松葉杖を両脇に突き軍帽をかむり、行動はすべて団長の指揮に従った。団長は冒頭に、今日廃兵院に収容された者は日清日露の両役においてお国のために戦った勇士であることを告げ、以来国民の同情によらなければ生活なし得ぬ不具の身となったことを訴えてから、「先日も某町内に行商して御協力をお願いした際、それ廃兵院が来た。戸口に鍵をかけよと、無情な言葉を吐いた御家庭がありましたが、御当地にはそのような血も涙もない御仁は一人もないものと信じております」と、行商に移る前に一本釘を刺す口舌を忘れなかった。

戸数にして十五軒足らず、行きづまりの横丁内のことである。遊んでいた子供達は、いち早く各自の家へ駆け込んで、廃兵院孤児院の行商を母親に急報して玄関に鍵を下す。樟脳、封筒、筆、鉛筆などが持ち込まれる商品だが、いずれも質が悪い上に値が高いので、母親はその子達に平生から云い含めてある。子供達はうしろめたい気持を持ちながら、物陰にかくれて彼らの立ち去るのを息を殺して待つ。

廃兵院の創設を見たのは、日露戦争の直後であろう。

大火の記憶

横丁の子供達は、誰も廃兵院や孤児院に対してある種の恐怖を抱いていた。子供ながらみんな不幸な人々である理由を知っていたからだが、戸口を入って行商の品物をひろげたら、鉛筆一本にせよ買うことにしなければ、てこでも動かぬという押しの強さに、母親や姉が困惑する様子を、何度も眼の前にした口惜しさも忘れてはいなかった。

町内によっては、お主婦さんにも滅法気性の強い人がいて、うさん臭い物売りの追っ払い役を引きうけ、調法がられる人もあった。のれん師というのは、籠一杯になすやきうりを抱えてきて、勝手口からのそりと体を入れ、仕舞物だ、安くするから買えとにらみを利かす。しるし半纏に、腕に彫物をちらつかす風体のこうした人足は、毎日のように横丁を出入りし、お主婦さん達に手もなく追い返されたが、廃兵と孤児には国民として引け目があった。

幼い頃私がいつも恐いと思ったのは、この他に孫太郎虫売りと、玄関で口の割けた狐の人形を操るお祓い屋であった。孫太郎虫は、煎じて用いれば小児のカンに利くと云われ、鶏の脚ばかりを束ねたとでも云おうか、気味悪い五寸ほどの虫を何匹か一束ねにして売りにきた。お稲荷さんの使いの狐の人形は、割けて赤い口をぱくぱく音を立てて開閉し、早く小銭を投げないと噛みつかれそうであった。恐しそうで平気なのは熊の胆売りの引く親熊子熊で、がんじょうな檻ごと車に乗せられてきた。なつかしいのは煙管《きせる》のらお屋で、手引き車の上に汽笛の鳴る小型の湯沸し器を備えてあった。

明治三十七年五月に生れた私に、物ごころが生じ、記憶らしいものの蓄積しはじめたのは、おおよそ五歳頃からであるとすれば、明治の末（明治四十五年は、大正元年と改元された）に至る七年間は、なにもかも新鮮に見えた幼年期に当ることになる。今日になっては、玩具箱を引っくり返して記憶の前後を確かめる業もないし、その後大正十二年九月一日の関東大震災、それからさらに昭和二十年前後の戦災によって、旧東京というものは跡形もなくなってしまった。

当時グラフというようなものは勿論なかったが、その代り大火とか大洪水とかの災害が生じると、必ず実写を何枚か一組にして絵葉書を売り出した。そんな絵葉書の中の一枚を刻明におぼえていて、遠い日の思い出が、それからそれと拡がることも多い。

神田区の地勢上、水害に襲われた経験は、ついに一度もなかったが、大きな火事には何度となく遭った。区内の三崎町、この三崎町は、明治初年頃には繁栄し、大歌舞伎の劇場東京座があり、女歌舞伎の常打ち小屋三崎座があったりして、賑やかな町であったらしい。そして水道橋駅、飯田橋駅、本郷区から小石川区にかけての北から吹きつける寒風の夜には、必ずと云ってもよいほど火の粉の狂うのを見たし、あの勢い立った大火事が、どうしてあの辺で消えたかと、夜明けと共に家族一同呆然と焼け跡を眺めたことなど一再ではなかった。「神田の大火」は、この北風と共に毎冬住人を襲った。

その頃は二頭立ての消防馬車で、蒸気ポンプを引き駿河台の電車道を奔走すると、馬蹄から火花が飛び散った。出火の報せは、町内の要所要所に備えた梯子に吊った半鐘を、鳶の者が打ち鳴らす。三つばんと言って、カン・カン・カーンと三べん間を置いて繰返される時は、強風でない限りホッとするが、半鐘を打つのではなく、仕切りなしに流し打ちする、、、すりばんを聞けば近火である。大人も子供もない、最初に聞きつけた者が寝床を蹴って縁側に飛び出す。もどかしい思いで雨戸を一枚引いたとたんに、わっと動悸が胸を突く。すぐそこの空がどす黒い煙りを巻き込みつつ、真赤に燃えさかるのである。

火事には馴れ切ったはずの者が、火焔を眼にしたと同時に我を失い、歯の根が合わなくなる。夜中の火は意外に近々と見えることを、ふだんは口にしながら、夜空に火焔を仰ぐなり、足腰の自由は利かなくなる。

北風の強い夜は、位牌や保険証書の類を枕許に、シャツ股引は布団と布団の間に挟んで温め、いつでも役に立つよう用意して寝る。昼の疲れでぐっすり眠っていても、遠い半鐘の音が聞えると、必ず一家のうちの誰かが眼を覚した。

白昼の大音響

小学校へ入学する前、吉原遊廓に大火があった。明治四十四年四月九日の白昼のことで、二三人の仲間と横丁の溝板の上でメンコ打ちをしながら、「いま、吉原が大火なんだよ」「そうだよ、だからお天とう様が、変な色しているんだよ」と少しでも情報に詳しいのを幼児達は誇った。花見時の真昼間、どうしてあんな大火が起ったものか、もうなにも覚えはないが、横丁の静かさと日射しの色の一面に黄色味を帯びた印象を忘れずにいる。年表には、「新吉原より出火し、六千五百五十五戸を焼く」と記し、「浅草罹災者に救恤金一万円を賜ふ」ともある。その後、「吉原の大火」と題した実写活動写真が土地土地の常設館に上映された。当時のことでごく短尺のものだったが、フイルムは全部赤インキで染めつけ、上映中は楽屋で半鐘を打ち続け、同じ写真を何回も手まわしして客をあおった。

「明治四十二三年頃の日本映画は、大体一巻乃至二巻程度のもので、三巻物といったら驚くべき長尺物であった。

撮影に要するネガも、大抵は二百フイート物で、入れかえをするのが通例であった。マキノ省三氏が、尾上松之助の弁慶で五条橋を撮影するのに瀬多の唐橋まで出張したが、カメラをまわしているうちにフイルムが無くなってしまい、入れ換えをするのに附近の百姓家を借り、押入れの中でようやく新しいフイルムと取り換えたが、なんだかんだで一時間かかってしまった。この間松之助の弁慶はなぎなたを持った姿勢のまま、橋の上で身動きが出来ず、不動の金しばりに逢わされたというエピソードがある。」

と、業界故老の昔話が残っているが、同じ頃のことである。

吉原大火の翌年三月五日午後十一時頃、明治大学の記念講堂が燃えていると、次兄が寝静まったわが家に駆け込んできた。次兄は昼間報知新聞社商況部に勤め、夜は明大付属の商業学校へ通学していたので、ホット・ニュースであった。横丁を飛び出して表通りの坂を駆け上る間もなく、煉瓦建ての記念講堂が猛火をはらんで寒む空に孤立していた。その辺の民家が燃えるのとは全く異った光景であった。

またある日には、白昼大音響に襲われて、母と二人度肝を抜かれたこともあった。

その頃の東京市では、正午に空砲を放って時刻を知らせる規定があり、それを聞いてから母と向き合って食事をはじめ、それから十分も経ってはいない記憶があるが、突然四辺を圧する大音響と共に、多勢の悲鳴とも怒号ともつかぬものが湧き起った。夢中で縁側に立ち、石垣の上を見上げていた。明大の木造西洋館二階建ての校舎がそこに聳え、いくつかの窓ぎわに人々の頭が蠢動している。何事かがそこで起ったには違いないが、判断はつかない。甲高い人声が近隣に交錯し、大声を上げて駆け出す足音が続く。私達が表で聞いた事情は切羽詰ったものだった。大学内に何か集会があり、二階に集った学生の集団に、さらに大挙して一階から学生が殺到したところ、床板が抜け落ち窓枠にしがみ着いた。窓から首を伸してわめいている学生達は、危く転落を逃れた連中だという。

幼児の記憶はそれ切りで、被害の情況その他後日のことは全く覚えていないが、半鐘の音と云い、木造建築の事故と云い、明治末の東京らしい世相を偲ばせる。

私の父は、錦町のある印刷所へ、校正係りとして通勤していた。当時五十何歳かであった。猿楽町の横丁の家から、十分余の道を徒歩で通っていたが、すでにその頃から普通の健康体ではなく、道々歩行を止めて一息入れる姿が私の眼の中に残っている。

長兄は十一二歳の頃、小学校を中退して印刷工場の徒弟となり、次兄は小学校を卒業後、個人経営の株式と米穀の通信社に入社、住み込み社員として働いていた。長姉のみは家事を手伝い、家はその頃各所に見られた素人下宿を営むという風に、極めて貧しい生活であった上、父は間もなく印刷所を退職して病臥生活に入り、二人の兄の給料と、間貸しの収入によって賄われるという窮迫した状態に立ち到った。

明治四十四年、私は神田区錦華小学校に入学した。

小学校入学

当時の小学校入学は、横丁育ちの児童にとっては特に、新しい広場への進出であった。学帽もカバンも袴も、学校へ行ってから履き換える上草履も、すべてが自分を祝福してくれる。新しい雑記帳に、削り立ての鉛筆で文字を書く日はいつなのか、それを思うと胸がときめいたものであった。

四十四年度の男子の一年生は、松組と竹組に分かれ、各四十人位の人数であったが、二年に進級する時、私は松組の総代になった。総代は組の代表として、成績順に二人、もう一人は中村英彦君という豊かな町医者の子息で、四十人の進級証書優等証書その他を、四月の進級式に校長から受ける役目であった。

私にも、そういう晴がましい日があったと、それから何度も思い出した。

たぶん、二年生に進んで間もなくの頃からであろう、毎月学校で渡される月謝袋を、家へ帰って母に提示することがその度に辛く思われてきた。その当時の小学校の月謝は二十銭と記憶しているが、月謝だけではなく、学校で履く草履や雑記帳を新調しなければならなくなると、母のけわしい表情がまともに見られなくて、二三日月謝袋をカバンに仕舞ったままにしたこともあった。

父の校正が夜業になると、よく私は工場へ弁当を届ける使いをしたが、三年生の頃にはすでに父は退職し、病臥していたように思う。だから、健康な父の思い出と云うものは数少く、春先きお茶の水の圧で摘んだ嫁菜を持って帰り、その香気をほめられたこと、弁当を届けに行った夕方が、ちょうど印刷所界隈の五十稲荷の縁日に当り、大きくて重みのある二銭銅貨をもらったこと、親しみをもって思い出すのはその位のものであった。

次兄が後々父に就いて語ったところでは、父は本所割下水に生れた貧乏御家人の二男、維新後千葉県佐山村に移り、その後川崎ヱツと結婚、縁続きの永井多紀（もと佐竹家奥女中永井瀧瀬）の家に夫婦養子として入籍したと云う。

川崎ヱツの父、川崎忠雄は東京築地活版所創設者の一人と云う記録があるそうだが、同僚と意見が合わず途中退職後歿した。私の母の昔話には、よく築地界隈の話が出、築地の河岸から名優団十郎が釣りに出る時の服装などなつかしげに語り、築地界隈の地理にも詳しかった。父忠雄は大酒家で派手好み、二人引きの俥に一しょに母を乗せて、吉原の茶屋へ連れて行かれたなどとも聞いたおぼえがあるが、当時の一流印刷会社で、どういう位置にあったかはまったく不明である。私共一族には当時印刷所へ勤めていた者の数が多かったのは事実で、なにかこれに関係があるかと回顧する。御維新後、江戸を後に浜松まで落ち延び、観世よりで作る煙草入れの内職で糊口をしのいだなどの話を聞いたのも、うろおぼえに覚えている。

父の病中よく訪ねてきた年寄りの客に、「吉田の伯父さん」と、「根岸の宗さん」という二人があった。吉田の伯父は、いかにも貧乏御家人の成れの果てと云った、横柄な口の利きようをする老人で、別に案内も待たずづかづかと父の病間へ通り、働き盛りが臥ていてどうする、起きておれと一杯やれば癒ると、酒の相手をさせた。酒は父も好きで、病中気分のよい時は一合位はちびちびたのしむ方だったので嫌やとは云えなかった。根岸の宗さんは、さらに年寄り染みた格好で、どこそこの帰りだと、夕暮れ時必ず孫を連れてやってきて永居をした。

この二人が訪ねてきた折りは、母は仏頂面《ぶっちょうづら》を隠さなかった。「吉田の伯父さんは仕方がないとしても、根岸の宗さんは必ず孫連れで来て、御飯を食べないうちは帰らない、ああいうのを食い稼ぎと云うんだよ」と私を相手によく愚痴をこぼした。母にとっては、大きな失費であった。貧乏人の家に貧乏人が「食い稼ぎ」にくる末端の世相は、二年間の日露戦役で国費を使い果した国の現実を、如実に物語るものだと思う。私と云う少年は、否応なくそのような世情に流されつつ成長して行き、世智辛さを身に着けていった。一方就学当時の新鮮な心を失い、二年生以後成績は下るばかり、貧乏ずれした、いっぱしの横丁の悪童振りであった。

毎年夏がくると、夏季課題帳を学校で手渡される。東京市の全学童用に編集された夏休み中の宿題帳と、日記帳を兼ねた冊子だったが、毎夏その中に「うさぎ追いしかの山、小ぶな釣りしかの川」という有名な唱歌を絵にしたと思われる頁があった。毎夏これを見るときまって切ない思いに誘い込まれた。

なぜ自分にはこういう故郷がないのか、なぜこんな楽しそうな絵に添えて、何も知らない場所の作文を書かねばならないのかと、宿題を憎悪した。

寂しい正月

母ヱツと父教治郎は結婚して以来、家計に追われ続けたらしく、小学校四五年生の長男を中途退学させ、徒弟として印刷工場へ通勤させた一事に依っても大方想像出来る。

親戚には多少裕福な家もあったらしく、眼鏡の枠を製造し、後になんとかハネウエルという会社を創設した一族とか、日本橋の問屋町小舟町で田口という貸席業を営んでいたとか云う者もあったが、こちらがずるずる落ち込むばかりで、いつか交際は絶えた。上野の音楽学校を卒業、その後同校で教授をしていた従弟もあったが、少年時代逢っただけで先年故人になった者もいる。

半紙を数枚縦に二つに折り、観世よりで横綴じした出納帳を母が新しく作っているのを何度も見た。かなり几帳面に、龍男月謝二十銭とか、青物いくら銭湯何銭と、墨と筆で記してあったが、いま私はあの一綴りを、なんとかして入手出来ぬものかと空想する。

明治の初年には、無筆の人が相当数あったと聞くけれども、父親が印刷業者だった故か、母は一応読み書きを知り、それを貧しい暮しの出納帳に役立てた。

こういう母を一番悲しく思うのは、毎年の正月であった。臥込んだ病人を抱え、あくせく立ち働く母にとって、盆暮れの行事などはどうでもよかったどころか、憎んでいたかも知れぬ。無理に無理をして、二三世話になっている家へしるしばかりの歳暮の品を届け、大晦日をすませればとにかく今年は終ったのである。

一夜明ければ、横丁うちにも門松のほか、国旗を立てた家もあり、羽根の音もどこかに聞えて、さすがに正月が来た気分には相違ないが、わが家では働き手第一番の長兄の雑煮の膳に、一本燗徳利が着いたろうか。長兄とは十四歳年下だった私への年玉は、朴歯の下駄にコールテンの足袋が添えば最上の新年であった。親指の先きに穴のあかない新しい足袋は、子供心にも気持よいものであった。

日本橋の株式通信社へ泊り込みで勤めている次兄が、元日の昼近く社の自転車でやってくる。自転車は今日の単車の数倍も貴重で、乗りつけると垣内の縁側へ納めた。長兄や私とはちがって、次兄は人に愛される性質であった。後に明治大学付属の商業学校夜学部を卒えて、報知新聞社商況部へ入部してからも可愛がられ、記者に昇格した。

この次兄に年玉をもらうのが、私の元日の最大のたのしみだった。歳末から貯めた小銭と共に、そのガマ口を大切に内ぶところに仕舞って約束をした友達と遠く浅草へ出かける。神田明神を抜け湯島天神から上野の池の端へ出てさらに上野の山下を通ると、上野駅と秋葉原駅間の町中を運行する貨物列車に出会うことがあって、踏切りに近づくと期待で胸がおどったものだった。

ここまでくれば、浅草はもうすぐそこ、神田から子供の足で一時間半余りの遠出だったろうか。田原町の電停を左へ曲ると、人のもみ合う六区の活動写真街になる。ルナパークも尾上松之助のチャンバラ物も、オペラの日本館もお好み次第の別天地でわれを忘れ、ひょうたん池のそばで天どんを食べるともう灯がついている。帰りは拾って仕舞ってあった電車の切符を利用して、何食わぬ顔で横丁の家へ戻る。こうして私は、母に平気で隠しごとをする子供に育っていった。

いま頃まで、どこに何をしていたかと詰問されても、なし崩しに云い逃れて一人取り残された膳の前を去る。長兄も次兄も、年賀に顔出しをした先から戻っていず、母の片付けものは父の病間を最後にすぐ済んでしまう。ひびやあかぎれの手当をするのも、いつもの夜の母と少しも変らず、長火鉢の火を埋めると、

「さあさあ、寝正月、寝正月。この鉄瓶のお湯でお前も手足を洗って、早く寝るんだ。お湯を使ったら、鉄瓶には忘れずに水をさして、火鉢にかけておくんだよ」

その「寝正月、寝正月」と云う言葉を、いままで何度聞いたろうと、子供ごころに凍る

ような淋しさをおぼえる。

「自分は一人なんだ」などというひがんだ言葉も、もうその頃私は知っていた。しかし今夜は、頭の中は浅草で見たもの聞いたもので一杯である。早く床に入って、その一つ一つを思うまま味合い返そうと、冷たい寝所も苦にはならなかった。

横丁の外人

猿楽町二丁目二番地という横丁は、外人に縁があった。

まずエム・コンデという若いロシア人女性のいた家がある。横丁では一番広い二階家で、二階は八畳に六畳、階下は五間位あった。私に物ごころがついたのを明治四十二三年とすると、日露戦争から五六年経った頃に当り、その頃若いロシア女性が来日していたのは腑に落ちないところがあるが、後日帰国する時、私の姉に写真を置土産にして呉れたものが、永く家のアルバムに残っていたし、生前母が語った話に、コンデの所へよく「瀬沼さん」という若い女のひとが訪ねてきたという一事もある。ある文学辞典の「瀬沼夏葉」

の項を引くと、同女は群馬県出身、「旧名山田郁子、神学学校卒、神学学校瀬沼恪三郎と結婚後、ロシア語研究を深め、明治三十四年尾崎紅葉に入門、師と共訳の『あけぼの』明治三十四年刊をはじめ、ロシア文学の翻訳を次々に発表した。『露国文豪チエホフ傑作集明治四十一年刊』などがある。」と、岡保生という人の紹介が載っていた。「チエホフ傑作集」は、チェホフの作品の邦語訳としては、最初としてもよいのではないか。それはとにかく、母の語った瀬沼女史は、岡保生氏の紹介にもある通り、ニコライ堂経営の神学校でロシア語を修得し、駿河台下に住んだコンデとも関連ありとして間違いはあるまい。

このエム・コンデは、白昼ピストル自殺を計り、この家の一室の窓近く共同水道の脇で水仕事をしていて、銃声を聞いた私の母と姉がベッドへ駆けつけた。銃創は咽喉の急所を外れ、その後帰国したと小児の折り私は聞いているが、当時のロシア事情を考えると、コンデはロシア人ではなく、あるいはソ聯と国境を接したポーランド辺りの亡命人ではなかったかと想像するが、端緒は何もない。

自殺未遂後、喉頭部にいつも白い繃帯を巻いていた姿が美しかったと、姉が問わず語りをしたことがあったが、私の家に残された写真の彼女も、若く美しい外人女性であった。

その後間もなく、私どもは明大の石垣下の家から、コンデのいた家へ移転し、二階の八畳と六畳の二間を、広瀬雄と云う東京市第三中学の教師に間貸ししたが、同じころ横丁の貸家に越してきた英国人の宣教師一家もあった。その名を私は詳しく覚えていないが、男の子が二人あって、兄をフランク、弟はセロと呼び、フランクは私の次兄とすぐ友達になったし、私はセロと毎日のように遊んだ。

竹の物差しで茶筒の缶を叩き、セロの口真似をして「シューズ歯入れ」と下駄の歯入れ屋の呼び声を真似してセロの二階の一室を並んで歩いた。おこうさんと云う中年の日本人の女中がいて、お三時にトーストを焼いてくれた。このバターの味と匂いも、長く忘られないものであった。

兄のフランクは無鉄砲な暴れん坊で、八百屋や酒屋の年かさな小僧連も一目置く存在になった。ただその母親だけにはさすがのフランクも手も足も出ず、近所の日本人から抗議をうけた後などきつい仕置きを神妙にうけた。

どこの教会に勤めていたか、いつ頃横丁を引っ越したか、私はもう何も知らないが、第一次世界大戦が勃発した時、兄達が「フランクやセロは、戦争しているだろうか」と話しているのを、感慨深く脇で聞いた。

二階の広瀬先生とは、そこの窓からハレー彗星を一しょに見た。いま年表を引くと明治四十三年五月十九日「ハレー彗星、太陽を通過す」とある。七十何年か前のことである。この星に衝突すれば地球は亡びるということで、大人達もおびえ切っていた。もっとも至近距離に達するという時刻は、真昼時であったような気がする。恐怖とは、ああした一瞬だろうと思う。

広瀬さんに就いても、後に母は語った。「この頃お前たちが、芥川さん芥川さんと話しているのは、昔二階の広瀬さんの所へよく遊びに来た、あの芥川さんのことじゃあないのかい。あんな名はそんなにあるもんじゃない」と。

これは、まったくその通りであった。「芥川龍之介全集」(書簡篇)には、広瀬さんと芥川さんの往復書簡が数通収録されている。本所の第三中学当時、二人は師弟関係にあったことが知られる。

広瀬さんが転居したのは、五中の校長に昇格されてからで、家の二階では英和か和英辞典かの編纂に忙しい最中だったらしい。小野八重三郎とかいう若い人を助手に、(珍しい名なので、いまも覚えている)書架には部厚い辞典類がずらりと並んで、その背文字の金がピカピカ光っていた。

錦華小学校

明治四十四年四月、数え年八歳で私は錦華小学校へ入学した。神田区ばかりではなく、東京市でも最も創立の古い小学校の一つとされていただけに、私が就学すると間もなく、老朽した校舎が建て直されることになった。

先年自分の全集用に「年譜」が必要ということで、人手を借りて調べてもらったところでは、「同校は前年の四月一日より校舎新築のため二部授業を実施中で、新入学生徒は小川尋常小学校を間借りして、午後から登校した」と、この個所を記録してあった。慶応三年（一八六七）生れの夏目漱石が幼年期に二個年ほど通学したこの小学校校舎の老朽した様子は確かに眼に残っているが、就学式当日から小川小学校へ間借りしたか、旧校舎へある期間通った後で二部授業をうけたかは、正確な記憶がない。

しかし、この年から四年間、小学校教程の大半を、二部授業で過したと云うことは、後々の私の性格に大きな影響を与えた。こういう経験を幼年時代に過した少年の数は、その後の神田区の学童にもそう多いものではあるまい。

いずれにせよ、「二部授業」と云うのは、小川小学校の生徒が午前中正規の授業を受けた後、その教室を借りて午後から勉学をする臨時の制度で、急場の間に合わせる授業方式は、教室を使うにも校庭で遊ぶにも、子供ながら気兼ねをしたもので、それが四年間続けられたことになる。それも、就学した当時の一年生にとっては、近い将来に自校の新校舎に移るという希望があったが、高学年の生徒達にとって、登校の日々は決して楽しいものではなく、勉学にも適さなかったに相違ない。

そんな事情で、放課時間は、毎夕四時頃になった。ことに日の短い秋から冬は、一刻も早く横丁へ戻って、日のあるうちに近隣の友達の顔を見たかった。午後からの授業だから午前中好きなことをすればよいと、人は云うかも知れぬが、昼前遊んだ後の登校は子供ごころにも疲れが感じられ、気が散って授業に身が入らぬものであった。正午のドンが鳴り渡って、さあこれから学校だと思うと、習慣的に暗い気分に落ち込んで行くのであった。

翌四十五年は、明治の最後の年で、七月三十日明治天皇の逝去と共に大正と改元された。年譜に依れば大正元年十二月七日に、木造三階建ての校舎が竣工したとある。三階建ての小学校は、東京市で初めてと誇ったのではなかったか、開校式は新年を待って行われたのではないかなど回顧するが、その新校舎は大正二年、つまり新築落成後三月足らずの二月二十日夜、神田の大火でペロリと全焼してしまった。こういう出来事をこそ、夢のようと云うべきであろう。

神田の大火と称された大火事は、私の覚えているだけでも指を折るほどあって、その記憶はさまざまに重なっている。ある早朝駿河台下から見渡す焼跡の彼方、はるかに外濠を越して富士山がそびえたり、思わぬ西洋館が神田橋外の方角に、日を浴びて眺められたりしたものであった。

火元が北の方角に当る三崎町方面でこの風の強さなら、必ず大火事になると古顔の住民はさそくに判断して、家財道具を御影石を敷き詰めたお茶の水駿河台間の電車線路へ運び出す。火勢をうかがいながら、そこで夜を明かしたことも一再ではなかった。

われわれは再度、一ッ橋高等小学校に間借りをして二部授業を続けなければならなかった。

この大火の少し前、担任の北原潔先生が某宮家の教育係りとして栄転して去り、十一月二十六日山梨師範を卒業された市川金太郎先生が担当訓導として、着任された。このことは、後に述べるように私の一生にとって最初の、かつは大きな転機になった。

錦華小学校の校舎がふたたび竣工したのは、大正四年のことであった。私はもうすっかり横丁擦れのした少年になり、宿題などは三分か五分かでいい加減に片付け、遊びほうけて暮す仕様のない生徒になり下った。毎年三月の学期末に、修業式という式典が行われ、免状を渡される。各学年の教程を修了した者に修業証書、成績の優秀な者数名には優等証書、それに欠席の少い者に精勤証書と、三種類の免状が授与される。

新任の市川先生は、式の後受持の生徒数名を指名して残し、「君達にも優等証書を上げたかったが、数が定っているので残念だった。来年はほんのもう少し勉強して、その中に是非入ってもらいたい。先生から代りに褒美をあげる」と、自費で購入された雑記帳や鉛筆を一人一人に手渡された。

高等小学校へ

自分の親指と人指し指を輪にして、「これッぱかりのものですよ」と、人はよく話の中で仕草をする。こんな小さな物とか、狭い場所とかいう意味に使うのだが、ちょうど今私も、八十年前に生れた神田区の一部をそんな風に説明して、得々としているかのようだ。おそらく老人の間の抜けた回顧癖であろうが、もうしばらく聞いて欲しい。

大正二年（一九一三）二月、新築間もない錦華小学校が焼失し、再び新築を見たのは大正四年、五年生に進級してからであった。

相変らず病床にあった父が、あらたまった様子で私を枕許に呼び、お前は府立工芸学校へ入学させるつもりであったが、自分の健康がこの様な状態では上の学校へ進学させることは出来ない。残念だが、銀行会社の給仕として働くか、小僧奉公に出るか、いずれかの道を選べと云う。こうなることを、私は予測していた。当時の小学校でも、進学志望の生徒は家庭と連絡をとり放課後居残って試験準備をしたものだから、自分にその資格のないことは自ずと分っていた。憔悴した父の顔は見ずに、小僧奉公に行くと私は力んで答えた。答えながら、三日置きに淡路町の薬局へ父の薬を取りに行く役は、これから誰がするのかと思った。

私は父と連立って、どこかへ出かけたという経験がない。親子らしく話を交わしたということもなかった。父がまだ印刷所に勤めていたころに、父の椅子のあった校正室へ、夜業のための弁当を届けに何度か通ったのが、二人切りになった唯一の思い出になっている。

だが、父の薬を取りに行く役は、そのまま終らなかった。少年工として印刷所に働きながら、英語を独学して欧文植字工になった長兄と、報知新聞の商況部に勤めていた次兄が、末弟の私をせめて高等小学校は卒業させてやりたいと、父に進言した結果であった。

大正六年（一九一七）当時、高等小学校の教課には、初等英語、簿記、ソロバンなどが小学校にはない新科目で、二年間に一応手ほどきをして置いて、給仕勤めにも小僧奉公にも世の中へ出てすぐ役に立つようにと云うのが学校側の親心であったろう。

授業が少し進むと、英語で渾名《あだな》をつけられた。私がほとんど毎日、弁当に塩ざけを入れて来るというので、「ハウ・ドウ・ユウ・ライク・ザ・シャケ」であった。こんな秀才も、中に居たのである。毎朝登校間際に自分で詰める弁当だから、昨夜の残りでも塩ざけなら半分で足りる。毎朝ついそうなってしまうのだから渾名は平気だった。簿記は、赤青二色のインキを持参するのが新鮮だったが、インキ瓶を破《わ》ったり転がしたりすることが多く、袴や着物を汚すのを母に見とがめられるのが辛かった。それに、簿記の記帳は一寸気をゆるすとせっかく苦労して引いた赤線青線を、自分の簿記棒でめちゃめちゃに乱してしまうのは泣くに泣けなかった。殊にソロバンの「二一天作の五」「二進が一進」などの割算の九九は、卒業するまで覚えられなかった。

高等小学校は、神田区に一校しかなく、これから「他人の飯」を食うという少年ばかり、区内各所から集る結果になるから、入学して一組に集ると、いままでの小学校の教室にはない、一種荒々しい雰囲気が漂った。それに私は、大正二年から同四年までの二年間、午後からこの学校ですでに間借り授業を受けているので、新しい学校へ通うという心の張りが全く無かった。小学校では二十銭だった月謝が一円に上ったし、簿記棒や英語の教科書、インキ代や洋罫紙などの費用も、母に報告するのは身を切られる思いだった。

二年間の担任教師の名を、七十年経った現在もはっきり覚えている。榛沢三郎と云い、当時四十代と思えるが、この教師は入学当初から他の児童と私を明かに差別した。私自身、人に愛される性質ではないことを、そのころから知っていたが、自分のした悪戯ではない事柄を、名指しで疑われるのは無念だった。「神さまに誓って、私のしたことではない」と、子供らしくない抗議を夢中で口にしたこともあったが、取り上げられず、懲罰として一週間居残りの掃除当番を命ぜられた記憶が、このほかにも三度か四度ある。午後からの授業は、土曜日を除いて三時間だったから、教室の掃除当番を終えて校内を出るのは五時近くになる。昨日も、今日も、その時刻である。秋から冬はすぐ夕日のかげる町になる。その影を引いて歩きつつ、私は恐しい思いを抱いた。

「大きくなったら、必ずあいつに復讐を……」と。

米相場仲買店へ奉公

かねて、人に好かれる子供でないことは、私自身いつの間にか身に染みて知っていた。家は貧しく、母親の血を引いて顔一面そばかすが浮き、瘠せこけた少年だった。忘られぬ顔をしているのに、うまく仕おおせたつもりで、私は何食わぬ振りで過ごした。そこらが子供と云えないこともあるまいが、図々しいすれた性質、育ちの悪い子供と見られるのが世間の眼であろう。

私はこれから、その汚れた少年を念入りに洗ってやりたいのだ。担任教師榛沢三郎は、おそらく生理的に私という生徒を嫌悪したに相違ない。後年同窓会の世話役が、榛沢教師が急死したと弔慰金を集めに来た。世話役の口上を聞いて、私はひそかに不倶戴天という言葉を想起し、立ちどころに申出を拒絶した。

連日の掃除当番を終えて帰宅すると、三日置きに父の薬を取りにやらされる。ニコライ堂脇の坂を下り、淡路町の昌平橋に近い薬局で水薬と散薬を受取ると、漢方薬を煎じたばかりの薬瓶の熱かったのを、薬局の点した瓦斯灯の灯色と共に、いまも思い出す。駿河台下の家まで往復五十分はかかった。戻って行っても、もう面白いことは何一つないのを知り尽していても、せっせと歩を運んでいた。

江戸土産の「東都名所図会」には、江戸八百八町のどこにも富士山が描かれているが、絵そらごとではない。関東大震災までの東京では、黒いラシャ紙を切り抜いたような富士山が、西空の大夕焼をバックにクッキリ眺められたものだ。北風の吹く冬季にはことに鮮やかだった。

大正八年三月、一ッ橋高等小学校を卒業し、日本橋区蠣殻町の米穀取引所仲買店、林松次郎商店へ奉公に出た。満十五歳であった。次兄が報知新聞の商況部記者に昇格していたので、目見得の日は同伴して呉れた。

この林商店には、明治時代の詩人福田夕咲氏の実兄が支配人格として勤めていた。かねて福田夕咲に私淑しその結社に名を連ねていた次兄は、その縁で私の身柄を依頼した訳である。

米穀取引所を中心に、米相場の仲買店の密集した蠣殻町は、株式取引所を中心とした兜町と共に、東京内でも特異な気風を持った町であった。私の奉公した林商店の並びに、同業の谷崎商店があり、後に谷崎潤一郎・精二兄弟の生家であることを知った。私を含めてその年林商店の新参の小僧は三名であった。

階下は会計部その他の事務室と社長の居間、土蔵と蔵前の板の間が一番奥、階上は常連の客と、外交が七八人ずつ一組に集る大広間、ここで相場の動きを観察し、売り買いの機敏な手配をする。

東京の三月末から花時には、急に温度の下がる日がある。これに雨が加われば、随分冷える。新参の小僧は、階下の事務室に向い合ったベンチにかけ、先輩の小僧に指図をうけるが、肌寒さに心もとなさがつきまとい、じっと腰かけていると涙が自然に湧いてくる。そんな幼さは持っていた。

夕方取引所が正面を締めると、二階の客、外交が三々五々階段を降り、事務室の店員達が帰り支度になるのを待って拭き掃除が上下で始まり、蔵前の板の間で食事をすますと、(賄い人の夫婦者が住み込み、三食の材料の買い出しから調理まで、専門に取り仕切った)新学期の商業学校へ急ぐ。九時過ぎに帰ると転げ込むように銭湯へ行き、二階の大広間にズラリと蒲団を敷き詰め枕を並べて一日が終る。新参古参の他に兵隊検査前の若僧も何人か寝泊りしているが、いつ帰ってきて寝たか分らぬ方が多かった。この連中はもうすでに充分に一人前の大人で、夜遊びはおろか「合百《ごうひゃく》」と称する賭博の常習者も少くはなかった。そういう道を通り抜けて来なければ相場師にも、外交にも成れない、この町独特の修業道があった。

「習うより慣れろ」ということわざがある。花冷えの肌寒さに涙をこぼした私も、端から仕事を覚えた。その点東京育ちは呑み込みが早かった。二階に詰める外交から、買物一つ頼まれても、器用に事を運び調法がられた。

もちろん事務室の仕事が中心だ。これは取引所内に出張っている店の者たちとの連絡が主で、前場後場の相場が刻々に動くのに合わせて、買い注文売り注文の伝票を、出来るだけ早く伝達するのが古参の小僧の役目であった。

売り買いの開始を、立合いと云った。

立合いは、場立ち十数名の両手の指の動かしようで、売り買いも、値段も、数量もほんの一瞬で分る。これは現在のテレビの株式放送と全く同じだが、当時の米穀取引の規模は、あれに比べれば十分の一にもならなかったであろう。

胸を患う

ほぼ二月ほどで、小僧の役目が一通り身に着いた。

小僧の名は、一様に「どん」を付けて呼ばれる。私は「たつどん」であった。どこから出た約束であろうか。初めはてれ臭かったが、それにも馴れた。

二階に詰める外交の用事も、誰さん係りは何どんというふうに、自然にきまってきた。小銭の釣り銭は、みんな小僧に呉れる習慣だったから、銀行が貸し出す貯金箱の重くなるのが楽しみであった。銀行といえば、毎日店が終ってから、その日の店の売り上げ金を、よろい橋に近い肥後銀行へ預けに行くのも、私達の仕事であった。どの位入っていたものか、とにかく大金を皮製の下げ袋に納め、十代の小僧が使いである。そこは店の方も心得ていて、お抱えの車夫が引く俥に、役目の小僧が乗り込んで出かけるのである。

風を切って俥が走り出すと、いい気持だった。通りの店屋も通行人も眼の下に、皮袋は確り膝に乗せて、おれもこういう大役をするようになったんだぞと云う気になる。これは毎日交代で、役が回ってきたと覚えているが、それで間違いは起らず、つくづく世の中は穏やかなものだった。

倖で行って、倖で帰る。待っている会計係りに軽くなった皮袋を渡し掃除を手伝ってから、蔵前の板の間で夕食、すぐそれから夜学である。

ところが、教室に落着いたと思うと、無性に眠気におそわれた。どうにも抵抗しがたい眠気で、何人掛けかのデスクへ突っ伏したまま、前後不覚に眠りこけた。

その年の盆が、近づいた。四月に入店して四ヵ月になる。そう数えると、盆休みが待ち遠しかった。店は日曜日は休みだが、新参の小僧は遊びに出られない。ちょうど主人の林松次郎邸の新築が大森山王に出来上り、日曜日にはそこへ引卒されて行き、廊下や板の間の艶出し作業をする。われわれが到着するまでに、女中達が米ぬかを炒って置き、それを木綿袋へ詰め、板の間から廊下と、ぬかの油で丹念に拭き込むのである。新邸に特別の客のある時など、大森行きは中止になった筈で、その日はどう一日暮したか、店の近くの活動写真でも見たものかと思うが、そういう時も、市内電車なら二十分の家へ帰る事は許されない。里ごころがついてはならないという配慮である。

新米の小僧達は、七月の声を聞くと、みんな家に持って帰る土産物を、あれこれ買い集める。新聞広告で見た「ヘモグロビン薬用葡萄酒」というのを、私は父のために買った。

いろいろ滋養になる薬が入っていて、普通の葡萄酒より少し高値であった。母には何を買ったろうか。

盆休みは、七月の十四十五の二日間だったように覚えている。十三日に、主人の座敷へ呼ばれ、銘々縞の着物の反物と角帯をもらった。金一封も添えてあったかも知れない。十四日の朝、神田猿楽町の家へ四月振りで帰った。自分の家であるような、ないような、そんな改まった気分がして、スッと格子のうちへ入るのがためらわれた。

病床の父の衰えは、子供の眼にもいたいたしかった。昼食には、母が握りを取って呉れた。

その晩私は、それまで誰にも口外しなかったことを、次兄に打ちあけた。この頃朝起きると、ひとしきり咳と痰が出る。寝てからも咳の止まらない時がある、ということであった。

翌朝早く、母に連れられて三田四国町の奥山医院まで行った。電車で行ったが、神田から随分遠い所だった。大小の工場の多い町で、三田の外れの埃っぽい横丁に、その頃の古い貸家のまま奥山医院の看板が下っていた。ガタガタ音のする表口の障子戸を開けると、もうすでに数人の患者が待っていた。奥山先生は小柄で頭が禿げ、無愛想な人であった。母との応対も、患者を診察室へ導くのも、先生一人で出たり入ったりする。

私には不意な外出であったが、次兄に打ち明けた話と関連のあることは察しがついていた。奥山先生は、時々低声で質問するほかは、無口な人柄らしかった。注射を一本うった。そのあと二分も経った頃か、両方のこめかみの辺りの血管がズキンズキン鳴った。四ヵ月振りの盆休みに藪入りしたはずの私は、それ切り林商店には戻らず、確か二日置き位に奥山医院へ注射に通う身になった。あの先生は、偉い人なんだぞとだけ次兄は云った。自分の家を楽しいとは思わなかったが、やはり肩の荷が下りたような、安堵感をおぼえた。

この頃、私は本を読むことを覚えた。自分で校正を手がけた単行本や、校正刷りを仮とじしたものなど、父は所蔵していたので、暇つぶしにそれを読み出した。

その年の十一月二十二日に、父教治郎は死去した。享年五十八歳であった。

読書の習慣

通夜も葬式も、私にとっては初めての経験だった。自分の家にこんなに人が集る、たかの知れた人数に違いないのだが、ふだんから人の出入りのない家だから、そう思ったに過ぎなかろう。

遠慮なく云えば、「お通夜って賑やかで、いいもんだな」と、一人ぼっちの子供が思ったと云うだけの話である。

家の中に、父の病床がないということも、これは私だけではなく、家族の者に当分の間ある不思議な雰囲気をもたらした。

読み馴れると、本はなかなか面白かった。家にあったものでは「樋口一葉全集」に飛び抜けて感心した。全集といっても少々厚い一冊本だったが、「たけくらべ」も入っていたと思う。これは、私の住んでいる町、生活とさしたる違いのない世智辛い現実を舞台に、少年を夢の世界へ運ぶ魔力を持った物語であった。中村星湖の「少年行」に接したのもこの前後に当り、子供心を誘う小説であった。それまでに父の集めた大町桂月の文語体の紀行文を、幾つか読んでいたが、この二篇を読んでからは興味をそがれた。次兄が時折持って帰る雑誌の、小説欄を読むようになったのもこの時期からで、中二日置いて三田四国町の奥山医院へ通うほかに、母は私に用事を何も云いつけなかったから、わずらわしい思いは当分せずに済んだ。この変りようは、父の世話がなくなってから、母にも閑が出来たせいかと想像していたが、次兄が奥山医師を訪ねて初診の結果を聞いてきたところでは、

「あの子は二十歳まで保つかどうか、保証出来かねる、とにかく気永に通ってくることだ」と云うことだったと云う。

後々、奥山伸医師は一部に知られた結核専門の医師で名利にうとく、創製した奥山ワクチンに対する信頼は深く浸透し、社会党委員長だった鈴木茂三郎氏その他、知名の患者を持つと聞いた。二十歳まで保証出来ないと診断された私が、本人はそれについてその後十年何も知ることなく過し、今年八十歳に達し危なげながらどうにか命脈を保っている。人間の寿命というものの奇妙さはさることながら、少年時に受けた奥山ワクチンの効果に感謝せずにはいられない。新聞社に勤めた故に、次兄はその世評を仄聞して、疑うことなく私を奥山先生に托したものと思われる。私は運がよかったと信じればよいのである。

――私は、ここまできて姉あいについて何も記していないことに気づいたが、これは十二も年が違ったのが理由で、姉は私を子供扱いしていたものかと考える。二人の兄と私は、(姉はこの二人の間に生れた)男は私まで「他人の飯」を食うことになったに拘らず、もっぱら家事を手伝って家にいたのは、娘として特に愛されたのではなく、病人のある中で貸し間などして収入を計っていたから、人手が必要だった訳でもあろう。

姉についての思い出は、関東大震災後に多く、神田で罹災した一家はこの姉夫婦に非常に世話になったが、それより先き私が小学校の五年か六年の頃に、姉にも関連した忘れ難い思い出が一つある。

中元の季節に、わが家に珍しく来客があった。父方の裕福な親戚の一人で、家の方にも、特に私にも別に贈り物があった。母と姉が応対していたが、その脇へ呼ばれて贈り物の紙箱を示され、礼を述べた。滅多にないことで、嬉しさに胸が鳴った。呼ばれた時私は別室でペン軸を手になにかしていたらしく、それを握ったまま、客と母たちの話を上わの空で聞いていた。心はここになく、箱入りの中身は何だろうとばかり考えた。

客を送り出す母と姉の戻ってくるのを待って、紙箱を振ってみせ、これは組み合せの文房具に違いないと、得意満面で紐を解こうとした。母が、矢庭にそれを押し止めて、「お待ち」ときつい声をかけてきた。母は続けて云った。要約すると、父がいろいろ世話になっていた人があって、そこの中元に組み合せ文房具は好適だから、母に預けよ、お前には代りに好きな物を買ってやると云うのであった。平素私は、家の中で我を張らなかった。我を張っても、それが通るとは思わなかったからだが、その時は夢中だった。母と姉二人に反抗して力で争った。気がつくと、大声を上げた姉が片手をかばって突っ伏していた。私は、ペン軸をその時まで握っていたので、姉の手先きを深く刺してしまった。

かなり永い間、姉の白い繃帯は私を咎めたが、それよりも貧しさに対する屈辱は、現在もどこかに少年時の傷口を残している。

幼年期少年期を通して貧しい暮しばかり記してきたが、この時の記憶は、思い出すごとに、いまもひそかに赤面とも屈辱感とも云い得ぬ、心の浪立ちがよみがえる。

処女作「活版屋の話」

小学校の同級生に、波多野完治がいた。

波多野君は神保町の電車の交叉点近くに店のあった、巌松堂という大きな古書籍商の息子で、淡路町の開成中学から第一高等学校、東大を卒業して、心理学者として大成した。父の死後間もなく、私は波多野君と町で再会した。淡路町の開成中学へは、私の家のある猿楽町を通るのが近道だったから、その辺で出会ったかも知れない。錦華小学校を卒業して以来三年経っていた。小学校当時から出来がよく、如何にも秀才らしい中学生に生長していた。その頃から、将来心理学者になると、はっきり口外していた。

波多野君が、家へ何度目かに寄ってくれた時、二人で錦華小学校の、市川先生を訪ねてみようと言い出した。市川金太郎先生は、その頃すでに上島と改姓しておられた。三年の月日を感じさせない親しさで、上島先生は私達を迎えられ、私が家に戻ってきている事情なども聞いていただいた末、放課後の教室でピンポンをした。波多野君のラケットさばきやカウントの取り方は手練れたものだったので、少し気遅れしながら私も初めて勝負に加わった。

帰りがけに、今度の何曜日は当直だから、よかったら遊びに来給えと、上島先生の方から誘って下さった。自分の入って行ける世界が、こんな身近かにあったのかと、心の広がる喜びを感じた。先生は少しうるさがっておられるのではあるまいかと、気がかりになるほど、それから上島先生を学校へ訪ねて行くようになった。

大正八年には、次兄のすすめに従い、日進英語学校初等科へ通いはじめた。佐川春水というそこの校長の名と風貌を、私は鮮明に覚えているが、いつも粋な和服姿でせったを履き、髪には七三にきれいに櫛を入れた、ちょっと役者か音曲の師匠を思わせた。いつも着けている袴なども、すっかりこの人の身について黒板にチョークで走り書きする英字が見事であった。いまだにどういう人物であったか、私は興味を持っている。

またこの英語塾の高等科で、慶応の真面目な学生だった瀧口修造君と知り合った。詩人の瀧口君だったことは云うまでもないが、同君は予科での語学力ではもの足りず、午後から通学していた。慶応の制服をきちんと着た、色白で淋しそうな学生だった。

それはさて置き、波多野君は学校の帰りがけに、モウパッサンの英訳短篇集やオー・ヘンリー短篇集などを、私の英語のために貸しに寄ってくれる。瀧口君や波多野君の学生姿に接した後では、もし自分が人並みの健康状態であれば、いまごろは蠣殻町で働いているはずだったと、その後の自分の日々の空虚さを省みることもあった。英語も読書も余計な暇つぶしで、早く店へ復帰する努力を期すべきではないかと、急に焦燥を感じた。私には奥山医師の診断を知らされていなかったことが、一人の未成年者を救ったのである。

翌大正九年、文芸雑誌「サンエス」九月号に、私の応募した短篇小説「活版屋の話」が当選した。選者は当時新進作家の菊池寛氏で、選評が好意的であった。「――この題材なら、選者自身も一寸短篇にかいてみたいと思う位である。芥川久米宇野等に、この小説の内容を話すと彼等は、みな会心の微笑を洩らした」とあり、作者はまだ年少らしく云々と、親切な注意も添っていた。

「サンエス」は、サンエス万年筆の会社が自家製品宣伝を兼ねて出していた文芸雑誌だったが、俳句欄の選者に瀧井折柴（孝作）氏の名もあった。

私は十六歳であった。二十枚何銭かの原稿用紙を文房具店で買ってきて、確かに投書はしたが、書いたものの良し悪しは論外だから、そんな結果になるとは夢にも思っていなかった。

その年の「新小説」新年号で、私は菊池寛の「勝負事」という十枚そこそこの短篇小説を読み、感動した。「新小説」は、当時一流の文芸雑誌であった。この読後の心の弾みは、現在に至るまで私の心深く続いている。「勝負事」は短いものだった故か、その後文学的に取り上げる批評家は殆んどないが、私はそれ以来、菊池寛の短篇小説の代表作として、第一にこれを挙げ、この作家の根底をなす作品と信じて、新進作家当時、作者から生れるべき時に生れた一作と何度か記してきた。

十六歳の年少者ながら、私はその感動をなんとか告げたくて、ただそれのみを心に「活版屋の話」を書いた。だから、当選とか活字になったとかは、他人事のように聞き、尊敬する作者に自分の文章を一読してもらったという幸福感に酔った。

帝劇の懸賞脚本

「サンエス」九月号を手にした翌日の午後、家で内藤辰雄氏に逢った。母が、玄関にお前を訪ねてきた人がいるということで出て行くと、未知の大人の人が親しげに会釈して、

「川崎君ですか」と声をかけてきた。川崎は母方の姓で、投書に本名を使うのは恥かしく、筆者名は永井方、川崎龍男としたので、「そうですが」と答えた。なにか今度の投書のこととは察したが、こんな大人の人がどうしてと、不安が先きに立った。胸幅の厚い人だった。「いい作品ですね、感心しました」と、その人が云った。大人に対して、どう応答してよいのか分らず、玄関先きに立っていると、「まあどうぞ、お上り下さいまし」と、母が声をかけてきた。

内藤氏は、その頃擡頭期にあったプロレタリヤ派の新進で三十数歳、その後各派新人中から選ばれた数氏とともに、朝日新聞夕刊に中篇小説「空に指して語る」を発表したことがあった。

その日内藤氏は私を伴い、加藤武雄氏に紹介してくれた。たまたま私が作家に初めて逢った最初の二氏で、加藤氏は農民文学派の作家として知られ、新潮社編集部に籍を置いた。

私に向けて、世の中は少しずつ入口をひろげてくれたが、私自身の生活に変りはなかった。自発的に家の中の掃除や雑巾がけを手伝い、運動をしたつもりだったり、神保町の夜店の古本屋を夜ごとに見てまわったり、英語学校には通学を続けたが、なるべく教壇から離れてベンチにかけ、別に選択もなく文学書を読む位が変化といえば云えたかも知れない。

大正十一年も押し詰ってから、私は帝国劇場が募集する懸賞脚本に当選した。十八歳の私にとっては、これも全く偶然な出来事であった。

次兄の勤め先きの新聞社に、「人と芸術」という戯曲を中心とした同人雑誌を出している友人があり、帝劇で脚本を募集しているが余り良い作品がないそうだと、次兄は友人の話を伝え、「人と芸術」の同人達が帝劇の係りの人から投書を勧められたそうだと云った。その同人雑誌を次兄が持って帰るたびに、私はその作品を読んでいたので、あの程度なら書けないことはあるまいと、あれこれ主題を考えてみた。舞台を頭の中に置き、筋と人物を動かすのは、初心者には相当な難事であった。小説を書くのとは全然別の技術だと思い知って止めることにしたが、あの同人雑誌に載る程度の戯曲なら、自分にも書けそうだと、次兄に洩した一言がにわかに気になってきた。〆切日の九月十五日朝、とにかく「出産」という一幕物が出来上った。徹夜をして、これだけにまとめたということの喜びがあれば、結果は二の次ぎだと思った。

私は神田の家から、日比谷の帝劇まで、神田橋を渡り丸ノ内の濠端通りを散歩のようなつもりで歩いた。努力をしたということが、無性に嬉しく、初秋の風が爽やかに吹きつけた。

帝劇の脇に事務所があり、郵便受けに大きめな封筒を投函して、底で鳴る音をしばらく聞きながら立っていた。

それから三月余りの十二月二十六日、出社前の次兄と焚火をしながら朝刊をめくっていると、「演芸便り」という欄に、「帝劇募集脚本予選終る」と短い記事が眼につき、「出産」知江保夫と匿名のペンネームも発表されていた。「予選だから分らないが、二郎さんこれを見てよ」と、肩をならべた次兄に朝刊を渡した。予選を通れば、それで充分ではないかと私は自らそう思っていた。

帝劇は、翁の面をマークにしていたので、翁の面をいくつもつけた新聞広告が、新年になってから十名の当選者名と作品を発表した。川口松太郎、北村小松、それから私が無名の新人で、高田保、川村花菱氏らがすでに名を知られた劇作家であった。

「サンエス」の時も、この時も、心から喜んでくれたのは上島先生であった。

六年生当時、私は上島先生の「考査簿」を盗み見したことがある。午後の授業が終って、二階の教室から階段へ並んで下りてきたが、先生は忘れ物を思い出して、階段の手すりの一番端に当る小柱へ、「考査簿」を置いて急いで教室へ戻られた。「考査簿」には組全体の成績が記されてある。下校後の時間で、廊下は静かであった。私は、すぐそれに思い当り、自分の名の一頁を探し出した。

「この児童は、人の幸せをうらやんだり、人の不幸を嘲けったりする性癖がある。作文などを好むので、長所を啓発することに努める」

私は、はっと胸を突かれた。突かれるまま一気に読み取って、「考査簿」を元に直した。私はそういう素早さを持ってもいた。

自転車のハンドルのように、扱いようによってはどこへ曲るか分らない性癖だということを、子供ながら自ら知っていたので、それがはっきり明るみに出た思いがあり、階段を下りてくる先生の顔をすぐには見られなかった。

「黒い御飯」のこと

「出産」の予選通過を知らせに、夕刻上島先生を学校へ訪ねると、一しょに帰るから待っているようにと云われた。

上島先生は、私が広告なぞを見て、「この本は面白そうですね」と感想を洩すと、その次ぎお訪ねした時、「これ君、先きへ読み給え」と、新刊書を貸して下さった。二度や三度のことではなかった。

大学で良い師に出会うことは、それほど難事ではあるまい。小学校で、上島先生のような先生に就けた幸福を、私は誇りたい。同級の波多野完治君にも、上島先生について書いた文章があり、綴方教育には独自の見識を持ち人格的にもすぐれた人だったが、当時の文部規定に依って、遂に校長就任を見ずに終ったと惜しんでいる。

その夕方、歳末で賑やかな小川町まで歩き、「君はおすしは好きだったかしら。前祝をしよう」と、先きにのれんをくぐった。すしがくると、酒を一本注文した。「乾杯だから、いいだろう、君は十八になったんだね」

上島先生は二つの猪口に酒を注ぎ、「お目出とう、よくやったね」と微笑した。二人の兄に、時々酒をもらうことがあって、味はもう知っていたが、先生に大人扱いを受けたことが眩しかった。

年が改まって、当選作の単行本「新戯曲十篇」が春陽堂から刊行された。再三躊躇を重ねた末、その本と最近書き上げた「黒い御飯」という七八枚の短篇を持って、菊池寛氏を訪ねる決心をした。菊池家は、当時小石川区の富坂上にあったと記憶する。

「黒い御飯」は、ごく短いものだが、その当時の文学少年としては、一字一句念を入れて書いた。「活版屋の話」が活字になって以来、暇のあるにまかせて手当り次第小説を読み、その酔い心地のまま小説らしいものを書き散した結果、末梢的な技巧にばかり筆が走り、われながら恥かしい限りだった。

「今度こそ一切技巧を捨て、素直に、出来るだけ素直に書こう」と心構えを定めてから「黒い御飯」を書出した。当時の日記を見ると、チェホフのように素直に書いてみようという記述がある。チェホフという作家を、どういうふうに読んでいたか、大変おかしな話だが、「一枚一枚祈りに似た気持で書いた」と、日記中に記したところも残っている。

その癖、誰に見てもらうつもりもなく仕舞っておいた原稿を、初対面の菊池氏の膝もとへ脚本集と一しょに差し出した。菊池氏は、かなり度の強い近眼鏡をかけ、鼻下にはすでに髭をはやしておられたか。兵児帯をゆるめに巻き、小肥りで、ずんぐりした体格であった。菊池氏の将棋好きは有名だが、その時すでに座敷の中央を盤が占め、初対面の私は話の継ぎ穂がないまま、某氏と対局中の駒の動きを脇から眺めていたかも知れない。奥さんは丁重な方で、十九歳の私如きを、往きも帰りも玄関まで送迎され、両手を突いて辞儀を交された。

菊池氏との初対面は、五月中のことだから、「君の小説を、七月号の文藝春秋に掲載する」という簡潔な通知に接したのは、せいぜい訪問後一月ほど経ってからであろう。通知を受けた本人はもとより、寡黙な長兄も、一週間に一日か二日勤め先から帰宅する次兄も、「うちの文士」とその頃私を戯称し出した母も、家中はみな狐につままれた形で、顔を合わせても却って話らしい話は当分なかった。

雑誌「文藝春秋」はその年一月号が創刊されたばかり、表紙を目次に使い、本文六十四頁、全頁四段組みという、いままでの雑誌の形式を無視した全く風変りな構成であるばかりか内容に於ても異彩を放ち、文壇のみでなく読書界の話題をさらった観があった。「私は頼まれて文章を書くことに飽きた」という、菊池寛の発刊の辞は、文字通り実現されたと云ってよかろう。

しかし、私の「黒い御飯」などは私と一家のうちの大事件で、世間に何があったのでもなかった。ただこの作品は、私にとってはまことに不思議で、終戦後から今日に至る数十年来、中学の国語読本に毎年掲載されて、少年諸君の眼に触れる光栄を得ている。作家冥利というべきであろう。

関東大震災

「活版屋の話」の懸賞金は十円、「黒い御飯」の稿料は、たしか十数円、「出産」の懸賞金は二百円だったと思う。二百円とは大金だという気がしたが、実際にどう遣ってよいものか、判ってはいなかった。次兄が、モーニングを注文するから半分貸せと云うので渡し、母を下谷二長町にあった市村座へ案内して菊吉一座を見物した。

自分の分では、劇に関する本ばかり夜店で買い集め、姉夫婦が祝ってくれた本箱に飾った。姉あいはすでに三越呉服店家具部に勤める秋山瑟二と結婚して、豊多摩郡野方村字新井に住んでいた。

大正十二年（一九二三）九月一日、関東大震災の凶日であるが、すでに六十年を経過した。昔ばなしとして、なるべく繰ごとにならぬよう筆を進めたい。六十年前のその日に、あんな大きな災害に襲われるとは誰一人として知らなかったが、今日（昭和五十九年八月二十五日）の各紙朝刊には昨夕のテレビ放送に続いて「東海地震発生の可能性が高くなると首相が発する警戒宣言について、該当地域の住民の六割強は、（地震はくるだろうが、まだ時間的に余裕がある）（くるかどうか疑わしい）と、のんびり構え」と市民に警告する記事が大きく掲載された。六十年間の官民の努力が、とにかくここまで到達したのである。

「――私は前日大正十二年八月三十一日、房州の海から帰り、下痢のため二階の一間に臥ていた。午前十一時五十何分という地震突発時から数十秒、あるいは数分間は、前後の判断を失って床の中にいた。すごい地鳴りと共に、幾度びか体の盛り上るのを感じたが、これは地鳴りではなく、木造の家々がゆれ動くと同時に発した音響からであったかも知れない。地震と察してよろめきつつ立ち上り、私が窓一杯に見たものは、もうもうとした土煙りであった。ふるわれた家々の壁土が、一時に空へ舞い立ったのである。

階下には、五十数歳の母と、乳呑み児を抱えた義姉がいる。（父の死後、長兄は妻帯していた）私は窓から、台所上の瓦屋根に下り、引き窓から階下の茶の間に声をかけた。当時の日本家屋の台所には必ず引き窓というものが付いていた。炊事の煙りを外へ出すなど換気のために、下から紐を引くと小窓が開くのでその名がある。

二人の無事を見届けると、一度に気が軽くなった。ひどい地震だったが、すんでみればこんなことかと思った。屋根の上から見まわす近隣にも異常はなかったので、階下へ降りて行った。ただむせるような土煙りの臭いが立ちこめ、戸棚という戸棚の襖が外れているほか、大きく壁の抜けた個所、二階へ通じる階段は外れかけていた。またとない大風が吹き荒れた後、一口に云えばそんな気分であった。相当古びた貸家普請の二階家だったが、とっさに見て取った被害はそんなものであった。

その間にも余震はひんぴんと起り、にわかに怖しさをおぼえ、乳呑み児と義姉を、まず安全な場所へ移すことにした。

「表通りの坂を上り切ると明治大学がある。敷きゴザ薬缶その他を抱えて、その校門内の広場へ落着いた。地震後どれほど経過していたか、付き添いの者に肩をかつがれ、背負われて坂を上ってくる負傷者が続く。駿河台は病院が多かったので、そこへ駆けつけるのかも知れなかった。潰れた家があるのだと、その時はじめて気がついた。

二人の兄が、前後して勤め先きから戻ったのは、二時過ぎだったろうか。ラジオはまだ無かったし、柱時計と眼覚まし時計のほかは、懐中時計にしても持つ人と持たぬ人が半々、腕時計などはまだ世に出ていなかったろう。

明治大学内の広場に敷いたゴザの上で、母の作った握り飯で腹をふさぎながら、兄達の帰路での見聞に耳をかたむけている間に、大学門外を行き交う人々の数が急に激しさを加えてきた。兄達が腰を上げ、嬰児と義姉を残して家へ引っ返したのはそれからであった。

坂の上から、遠く煙りに覆われた空が見えた。火災ということにも、その時私は初めて気がついた。われわれは、必要と思われるものを手当り次第に大風呂敷に包んで背負い、小風呂敷は両手にさげて、乳呑み児を抱いた義姉を中に、それから避難者の群れに加わった。

東京市民は、その頃から火を消すという行為を捨て、ただ逃れる道を選んだ」(「大震災の中の一人」より)

甲賀町からお茶の水橋を渡り切って、本郷側の人の流れに合すると、もう小風呂敷一つ持っていても動きの取れぬ雑踏になっていた。

私共兄弟は、いったん神田川の厓《がけ》を下りて、深い雑草の中に数個の風呂敷包みを隠し、神田区と下谷区の境にかかる昌平橋まできて、左へ上野公園を目指すか、右へ日比谷公園へ向かうかの決断に迫られた。この辺りからは修羅場であった。日比谷を選んで小川町へ曲り神田橋へたどりついたが、橋の向うはすでに黒渦の中であった。煙りの中であった。

上空は黒煙りが巻き、錦町河岸に添って道を取るより方法はない。この頃はもう先きを争って押し合いへし合う混乱で、生きた心地はなかった。

結局、どこでどう時間を費したかも念頭になく、竹橋から皇居に通じる乾《いぬい》門外をたどって、外濠の堀の上で夜を明かすことになったが、半蔵門から麴町三番町へかけて見渡す大通りは、火の川火の海であった。道端の電信柱に火焔が引っかかる。引っかかると見る間に、電信柱は尽きて、焔は次ぎの一本に血綿のように飛び移り、そうしてまた火焔の流れは激流の勢いを増し、ある地点では建物を一呑みに燃えさかる。昔の絵師の描いた地獄に、これと同じ火の海があったと思う。

近衛の兵隊が隊伍を組み、手に手に常緑樹の大枝を握り振りに振って消火に当る。堀の上も火の粉が舞い、われらの衣服は互いに注意し合わないと、たちまちきな臭く焦げてくる。火勢が風を呼ぶらしく、夕立のように火の粉が降りしきると、もう避難者に堪える気力はなく、皇居へ通じる大門を目がけて殺到する。その門を背に隊伍の兵士は剣突き鉄砲を構え、一列横隊に威嚇の姿勢を示した。

皇居を守る木立の一角に、暁の光がちらついてきた頃、やや火勢の衰えが感じられる。兵隊が缶詰を運び、缶から避難者の手の平へ、鮭を分ける。

「市電の線路を道しるべに、私どもは駿河台まで戻った。待ちかねた夜明けが来ていた。一面の焼野原に熱気が籠っていた。この辺は昨夕早く焼失したに違いないが、わが家だけは、あるいはいつかの大火の折りのように、残っているかも知れぬと思われた。鰹節のように固く焦げた焼死体が、膝を折り空を見上げた形で道路の端に幾つかあった。その形から、あるいはこの辺の入院患者が、逃げ遅れての末かと思わせた。もう楽になったと呟いているように見えた。

わが家の有無は見極めるまでもなかった。それよりも、お茶の水橋を渡って厓を下りたが、昨日のままの青草の中に、風呂敷包みは一つも見当らなかった。たたずんでいた長兄が、『それにしても、凄いもんだ。あの中で盗みをする奴がいるんだからな』と、次兄に笑顔をみせた。

中野駅の奥に当る、野方村の姉夫婦の家へとにかく身を寄せるほかはなかった。牛込へ出て新宿を目指すのが近道であった。

神楽坂下まで来て、私達はみんな思わず声を挙げた。

坂にかかるところから、ここは一切今朝までの火災とは無関係であった。潰れた家も焼けた店もなく、私達は呆然と立ちすくんだ。このまま坂を上って、町へ入って行ってもよいものか疑われた位であった。

乳呑み児を抱えた義姉の姿が目につくらしく、『ごらん、可哀相に』と指をさし、おしめにせよと、古浴衣をくれる人もあった。

私は私で、そこで初めて、下痢気味で臥たままの自分の寝巻姿に気がついた。

矢来下を抜け馬場下までくると、土蔵造りの古風な酒屋があった。兄二人はどちらからともなく店へ入って五十銭玉を帳場に置き、ビールを買った。一本を分けて呑んだか二本だったか、私にも一杯注いでくれた。ビールとは、こんなにうまいものかと思った。総身に染みわたった味を、私は生涯忘れることはあるまい。

私共は、まったくの裸であった。元々何を持っているという身分ではなかったが、一夜にして身辺無一物と化したのだから、この辺の町の人々の存在が、むしろ不思議に見えて仕方なかった」（「大震災の中の一人」より）

今年九十九歳を迎えられた野上さんの著書「野上弥生子日記」（震災前後）の冒頭、「大正十二年九月一日」の項に、（当時野上さんは、三十代であった。）

「私はふだんから地震は一息の間じっと目をつぶって我まんしてゐればすむものとおもってゐたので、怖くはないないと子供たちに言ひながらぢっとさしておいた。」（岩波書店刊）という一節がある。

まったく、その通りであった。その結果が関東大震災の惨禍に拡大された。

高齢者の数が増す一方だと云われる現在、火急の場合の貴重な労力を、われら老人のために費すような事態は、平素から極力老人自体避ける心がけがまず第一に肝要かと自戒している。

震災のあと

関東大震災を境に、私の生活は一変した。

豊多摩郡野方村新井は、国鉄中野駅を基点とした新開地で、付近に新井薬師があり、豊多摩刑務所、哲学堂にも接していた。田圃の一隅に建てられた貸家だったから、余震の続く一週間ほどは脇のあき地に蚊帳をつり、義兄夫婦共々、われわれは野宿同様の生活をした。二日夜には豊多摩刑務所の崩壊した個所から数名に上る脱走者が出たなどのデマが飛んで驚愕した。

世の中が、やや落着いたのは、歩兵第何連隊かが、東京市警備についたと云うニュースのビラが、電柱に張られた九月十日頃からであった。

朝日、毎日など各新聞社が大きな被害を受けた中、関東系の総合紙だった報知新聞のみ損傷は軽微で、震災写真の大判グラフィックを発行したが、それが飛ぶような売れゆきだと次兄から聞き、中野から有楽町の報知社まで徒歩で往復、写真集を仕入れて取って返し、新宿駅西口の道端にゴザを敷いて売り、中野駅前でも面白いように売れた。欲張って仕入れ過ぎた分は、中野駅から八王子まで遠出して売り尽した。

毎晩新井まで帰ると、八時頃になった。手こぎの井戸端で手足をそそぎ、売り上げ金の財布を母に渡し、食卓に加わった。兄達は日本酒の二合瓶をその都度買って呑んでいたが、私にも猪口を一杯二杯と差してくれた。働いて呑む酒はうまいと思った。

秋に入って、長兄一家が神田神保町にバラックを見つけ、母と共に移ったが、私は引き続き義兄宅に残り、その所蔵書に親しんだ。義兄は十歳ほど私より年上だから雑誌「白樺」時代からの文学青年で、ここにいると部厚な各雑誌の新年号なども、発行早々インキの香の新鮮なうちに読むことが出来た。ある時義兄に、志賀直哉と菊池寛と、どちらが好きかと質問されたのを覚えている。私は志賀さんは冷たく、菊池さんは温かいと、舌足らずに答えたことがあった。

新井薬師の傍に、法政大学野球部の合宿所があり、退屈した時はこのスタンドで練習を見物した。この頃の法政は六大学リーグのテール・エンドで、滅多に勝つことはなかった。新井薬師を中心に料理屋が四五軒あり、型通り小さな花柳地も付属していた。新宿までが東京、中野となれば郊外だったから、雨が降ったりすると芸者は長靴を履いてお座敷へ出向き、途中の交番で一休みして、巡査と冗談口をきき合うといった風景が見られた。

場末に新開地を切り開き、花柳地を新しく設けて人々を集めるのは、当時の東京市の政策であった。

灯ともし頃に中野駅のホームに立つと、中央線の一直線な線路が視野の限り続き、遠い人家の灯がその左右に点々とちらつく。遠出をしたことのない私は、帰ったら地図をひろげて地名を知ろうと何度も思った。ビルのような高い建物は一切見えない闇が続いた。義兄の家から空地越しに、小さな寄席があった。興行がある宵には、なんという打ち方か、一しきり太鼓を打ち鳴して客を呼ぶ。これも新開地にふさわしい雰囲気であった。

その冬、上島金太郎先生が久留米がすり上下一揃い、新調の着物と揃いの羽織を、神保町の長兄宅へお届け下さった。恩というものを、これほど有難く感じたことはなかった。四ヵ月の奉公以来、私は木綿の縞の着物ばかりで過してきた。木綿の縞の着物は、商家の人の着るもの奉公人の着るもので、家に帰ってきてからは、久留米がすりに内心こがれていたが、勿論そんな贅沢を云える身でないことは百も承知していた。それを縫い上げて、届けていただいた。

八十に達した現在も、私は木綿のかすりの上下を持っている。古い仕立てなので、たもとが大き過ぎたりして、着用する機会はもうないが、正月などには懐しい気持で、この着物を思い出すことがあるし、久留米らしい上下を着た若者に出逢うと、紺の匂いがただようような気分になる。

この年の歳末、震災後はじめて神田へ行ってみた。神保町角の地久庵でそばを食べ、神保町から駿河台下に出て、猿楽町の家の跡まで歩いたが、どこがその辺という見当もつかぬほど、町の様子は一変していた。

神田の風物

この辺で、書き落した神田風景を二三偲んでおく。

まず救世軍がある。大提灯を先頭に、大太鼓の音を弾ませて、宵の町を小隊を組んで巡回した。神保町に立派な建物の救世軍本部があり、別に駿河台下に「福音伝道会」があった。同じプロテスタント派だと思うが、近所で二つに分れて、同じような伝道方法を取っていた。

太鼓とタンバリンに合わせて、「ヤソ信ぜよォ、信んずる者は誰も、みな救われん」と歌い、「今晩、駿河台下福音伝道会に於て、キリスト教の説教があります。みなさん、お集り下さい」と、五六名の男女が巡回する。救世軍は軍服だが、「悔い改めた」この人達の服装はまちまちであった。季節に関係ない行事だが、小雪のちらつく冬の宵に最もふさわしい風景で、劇の序幕を思わせた。救世軍も負けずにメガホンを使い、慈善鍋への勧誘に励んだ。これに勢いを貸すのが、歳暮大売出しのジンタで、駿河台下の勧工場、イルミネーションを点じた東明館の広場が中心であった。

こういう年末の晩には、本屋の店で万引きを働く若者が多かった。神保町の電車交叉点脇に巡査の交番があり、そこに人だかりが出来る。若者は捕えられたのである。私の思い出の中では、ここにも小雪が降りしきる。

演歌師のヘラヘラした歌声と、やたらにギイギイ鳴らすバイオリンとは、どうしても夏場のものだった。バイオリン片手に、歌の文句を印刷した薄っぺらの本売りとが一組みで、衣類はとにかく大学生用の角帽をさも苦学生らしく、かぶっているのが定石だった。縁日の外れでは人垣の中で歌い、病院の看護婦目当てに、木立の多い駿河台を流して歩いた。

琵琶というものが、大正末期に大流行した。琵琶には、筑前と薩摩の二派があったが、頭髪は流行のハイカラに結い、リボンをヒラヒラさせ、袴をはいた女琵琶師が意外に多く、艶種もいろいろ町を賑わした。女琵琶師は、そんな風俗で琵琶を抱き、取りすました様子ながら、派手に町を歩いて人眼をひいた。

花電車というものもあった。国や東京市になにか大きな祝い日があると、生き人形を飾りつけた電車が何台か組みになって、東京中をゆっくり運転する。幾日の何時には何線を通ると、一々新聞の予告記事になり、沿線に人出が多かった。花電車がこちらに向ってくると、遠くの空が色電気の余光で明るみ、子供達の胸をときめかせたものであった。永井荷風の名作「濹東綺譚」に、花電車をバックにした名場面があったと記憶する。

両国の川開き、花火の晩は、東京中どこの横丁まで何となく浮き浮きした雰囲気をかもし出した。云うまでもなく、市民が待ちに待つ夏の一夜であった。高層建築の至って少い頃のことだから、両国で揚げた花火が、思わぬ遠方から見えた。「おや花火。そら、あそこよ」と指さすひまに、光りは黒い屋根のかなたに吸い込まれ、やがて遠々と、筒音が二つか三つ聞えてくる。そんなことも当夜の風情で、二階の物干し場に人が集り、横丁の縁台で一酌くみ交わしながらの仲間もある。そうかと思うと、留守番役を引きうけた母親が、明るい灯の下でたった一人縫い物をしている家もある。

「樋口一葉とその周辺」(大音寺前考証)という本を、私に贈ってくれた友達がある。昭和四十四年に笠間書院から刊行され、著者名は上島金太郎である。私のある友達が、古い交際だからこの著者名を覚えていて、古書展で見付けて贈ってくれたのだが、私の師の上島金太郎先生とこの上島氏は全く同姓同名の別人であった。「樋口一葉とその周辺」は、一葉女史を敬愛する者にとっては有難い著書だった。

「明治二十六年七月二十日、樋口一葉は本郷菊坂町七十番地より、下谷区龍泉寺町三百六十八番地に移り住んだ。一葉二十二歳、日記に依れば、この日は薄曇りで、正午近くに到着したと想像される。この日から車屋と酒屋にはさまれた二軒長屋での生活が始まるのであるが、翌明治二十七年五月一日には、本郷丸山福山町四番地に再び転宅している。小雨の降る日であったという。したがって龍泉寺在住期間は僅か九ヵ月と十日に過ぎないが、その間、一葉は生活に、恋愛に、作品の制作にと、苦悩の日々を重ねたのである。」

と、その序説にまず記している。

上島氏は、この九ヵ月の間に一葉と共に龍泉寺町に住んだ人々を洩れなく訪ね、当時の龍泉寺町の再現を期された。同町が関東大震災で焼失した後の仕事だから、その苦心は察するに余りある。

樋口一葉について

この本の著者、上島金太郎氏は一葉が九ヵ月住んだ龍泉寺で、代々畳職を営んでいた人だが、一葉の死後女史を追慕する土地の人々と語らい、一葉旧居に記念館を設立する計画に専念し、歌人佐佐木信綱氏をはじめ一葉とその文学を愛惜する文人の協力を得て、記念館の実現を期する一方、横堀の石橋一つ渡れば新吉原遊廓という特異な町の持つ表情と、一葉女史が名作「たけくらべ」を完成する経緯を審さに調査して「大音寺前考証」を完成した執念とも云うべき仕事振りに、いまさらながら心をうたれる。

明治二十六年、一葉が龍泉寺町に転居しなければ、この名作は生れなかった。その因縁の町が、当時の住人一人一人の動静をこめてこの一冊に再現された。詳しい上島氏自作の地図も添えてある。

一葉女史旧居に碑文が建立されている。

「ここは明治文壇樋口一葉旧居の跡なり。一葉この地に住みて『たけくらべ』を書く。明治時代の龍泉寺町の面影永く偲ぶべし。今町民一葉を慕ひて碑を建つ。一葉の霊欣びて必ずや来り止まらん。」

これは昭和十一年七月、菊池寛の撰文に依るが、現在の碑は昭和二十年の空襲後、新たに再建されたものである。

上島氏は、この碑の建立された個所は、一葉の旧居跡ではないと、詳しくその誤りを説かれている。また「たけくらべ」がこの町で執筆されたか否かについても、真説は無いという点についても言及されているが、「たけくらべ」の舞台がこの龍泉寺町であり、このように詳しく明治の風物が再現されれば、文字通り、もって瞑すべきではあるまいか。

それよりも、一葉女史が「たけくらべ」を書くほどに愛着した龍泉寺町を、わずか九ヵ月で離れ、何故本郷丸山福山町に移転したかについて、上島氏の詮索の末得た結論が、侘しく胸裡に残るのである。

当時、日暮里にすでに野天の火葬場があった。日暮里に限らず、火葬場に限らず、公共的な施設はいまだ整わず、そこで上げる煤煙は野放しのまま吹き流され、北風のつのる冬季には特に、龍泉寺界隈に異臭のただよう日が多かったと上島氏は記している。

一葉は龍泉寺から小石川へ移っても、不如意の生活は深まるばかり、「生活に、恋愛に、作品の制作にと、苦悩の日々を重ね」つつあったので、龍泉寺のそうした環境から、とにかく逃避する決意をしたかも知れない。

佐佐木信綱氏は、この書の序文に、「紫式部が寡婦とならず、宮仕をしなかったならば、はたして源氏物語は生まれ得たであらうか。一葉が、吉原に近いあの町で、家の裏には万年楼の寮や、少し離れては新松大黒の寮などもある、さういふ場所で、その日その日を送るやうな暮しをしてゐなかったならば、果して、信如や美登利は誕生したであらうか。時と処と、その属した階級とは異なる式部と一葉とであるが、互に共通した点があるといってよい。」

と、詠嘆されているが、世俗にまみれて苦闘する一葉に、屍を焼く北風が忍びよる夕暮れのしじまは、吉原の灯と野末の枯草を背景に、佗し過ぎる明治風景である。一葉の死はそれから四年後、二十五歳の初冬であった。会葬者十余名と、上島氏調べの年譜には記されている。大正の町中を思い出すまま語っているうちに、樋口一葉女史に思いが及び、さらに明治へ道をそれてしまったが、現代生れの少年諸君が、三十年後五十年後に、頭に浮べる東京の追憶はどのようなものであろうか。私にも年頃の孫は四五人いるが、それを質ねることは、何故か躊躇する感情が伴う。楽しい話が出ればよいがという老婆心が、底に働くからであろうか。

小林秀雄との出会い

大正時代は、それから翌十三年、十四年、十五年と続き、十五年は昭和元年と改元された。

十三年の日記が残っている。

二月十六日に雑司ヶ谷の菊池寛氏を訪ねて、「作品を持ってきたのかい、書かなければ駄目だよ」と、戒められたと記し、翌二月十七日には、荻窪に仮り住いしているという波多野完治を中野から訪ねて行き、そこで波多野と一高東大と同級の小林秀雄に偶然出逢ったと記している。

「波多野の家へ行く。屋根裏の部屋なり。暫くして、小林といふ彼の友人来る。頭髪伸びて、脂気なく乱れたる、細面の更けたる青年なり。始めのうちは、深刻ぶるやうな男かと思ひゐたるが、話すうちに、その疑ひ晴れぬ。志賀直哉を言ひければ、佐藤春夫を問ひしに同好の士なりし。ツルゲネーフについても感想をもてるごとし。六時近くなりければ、帰らんとせしが、波多野に夕食をすすめらる。

三人にて月夜の路を行く。光やはらかく、小路の片側の芝よかりき。マントを着、古ぼけたる黒きソフトを髪にのせて、ほのかなる月光の下に立てる彼の姿、いたく寂しげなり。駅ホームのベンチにて電車二台やりすごし、七時四十分に乗る。駅に入る前、駅前の道を暇つぶしに歩める折、思ひ切って名刺を出す。快く受けて、彼も呉れる。小林秀雄といふ。もと芝白金に住めりとて、その頃の名刺なり。

車中、『寂しさうだね』と遠慮勝ちに云へば、

『俺のペシミズムは死ぬまで続きさうだよ』と、静かに答へぬ。

『遊びに来ないか』と彼云ふ。高円寺駅にて別る。

友一人得たるか？」

稚拙な、かつ稚拙な日記だが、若さだけは残している。

この年は、私にとって忙しかった。

四月某日、「徴兵検査」を受け、「丙種合格、兵役免除」を宣告された。

当時私の体重は四十キロ余、検査場の壮丁諸君に伍して裸身を晒すのは実に辛い思いであった。

検査官は巻尺を伸ばして、私の胸部を計りながら、「何か病気をしたか」と質ねた。私

が、自嘲をこめて肺病ですと短く応じると、アルコールに浸した脱脂綿で、巻尺を一気に消毒した。「肺病」と答えたのは、もっとも簡潔な言葉を選んでのことで、反応は承知の上であったが、巻尺を消毒されたとたんに、虚弱者の屈辱がわき上り、どこへ視線を向けてよいのかにも迷った。

この地区の司令官と云うのが、「たとえ丙種合格の者も、一旦緩急あれば国民皆兵の国是にのっとり、お国のために尽すことが出来るのだから」と、最後に訓辞を述べた。訓辞に至るまで、どの位時間がかかったか、私にとっては長い一日だったが、いよいよ解放されて、区役所内の検査場を出て春光を浴びると、たちまち生気の蘇るのを全身に感じ、これが青天白日というものだと、無性に万歳を叫びたかった。それにしても青天白日は奇妙な表現だと後々おかしく思ったものであった。

小林さんの紹介で、慶応在学中の石丸重治、木村庄三郎、波多郁太郎の諸君を同人とする雑誌「青銅時代」に参加したのはその夏であったが、他の同人諸君とそりが合わず、十二月新たに「山繭」を創刊、前記の人々に河上徹太郎、富永太郎氏らを加えて新発足することになった。

帝劇の懸賞金の半額を、次兄のモーニング代として貸したことがあり、次兄待望の礼服は九月一日に灰になってしまったが、月々の月給ごとに、次兄は返金してくれたので、それのあるうちは同人費の心配はない訳であった。しかし、「山繭」の同人では、小林さんも私に劣らず貧乏で、この二人は間もなく同人費を払えなくなり、石丸重治君に負担をかけた。石丸君と小林さんは府立一中時代の同級生だった。

この頃、私はしきりに居所を移している。一々記すまでもないが、十四年三月には、当時報知新聞の社会部長を勤められていた御手洗辰雄氏宅に約半年寄食した。はじめは、次兄から話があり、御手洗夫妻が郷里大分へ帰られる留守番をお引受したのだが、その後家族同様の好意ある待遇をうけ、御手洗氏を訪ねてくる社会部の記者諸氏にも何人か顔馴染が出来た。みな好い人ばかりで、私が文学青年だと知ると、人生に就いて種々真剣に談じられた。新聞記者という先入主を考え直した。年長者ばかりなので、教えられることが多かった。

その後も、兄弟の家を転々とし、何とか自立をと、そのことばかり考えていた。その間「青銅時代」や「山繭」に片々たる文章を書いたが、一篇として取るに足るものはなく、昭和元年（大正十五年）六月文芸雑誌「文芸時代」に発表した短篇「泉」を全集に残したくらいなものであった。

大正デモクラシー

大正天皇の逝去は、十五年十二月二十五日だから、昭和と改元されてわずか一週間後が、昭和二年元旦に当る。歌舞音曲停止のクリスマス、正月という暗い年末年始であった。

大正年間は短かったが、明治維新から着古るされた衣裳を脱ぎ捨てるためには、あるいはちょうどよい時間であったかも知れない。しかも、時の流れそのものはそこで一瞬も途切れたのではなく、昭和へ向けてさらに滔々と水勢を増していた。大正デモクラシーという言葉がある。吉野作造博士をリーダーとする「民本主義」「憲法の本義を説いてその有終の美の途を論ず」るのを根本思想として、既成政党と闘ったのを中心ということにすれば、たとえば女流文学者の集団「青鞜派」の起した「因襲を打破し婦人の新しい地位を獲得」する運動その他、各種労働組合の結成、市民の生活の端々にも、「カフェー」の流行、断髪、洋装など情緒的にも風俗的にも、その徴候の著しい時期であった。

「日本史年表」（歴史学研究会編・岩波書店刊）と、古い方では「国史大年表」（日置昌一著・平凡社刊）の二冊を私は平素使っているが、その「日本史年表」の大正六年四月十五日の項に、「欧文印刷工の組合信友会発会式」という一行がある。数年前に偶然見付けて、ちょっとびっくりした。大正六年は私が高等小学校に入学した年だが、当時家の入口の外に、「欧文印刷工組合・信友会事務所」という新規の小看板が下げられ、同じ文句のゴム判や封筒が、小箱に入れて家に置いてあった。ゴム判が珍しくて、方々へ捺してみたのと、数日後警察から調べに来たのを私は覚えている。病床の父がそれを気に病んで長兄を責め、家の中が揉めた。ゴム判を悪戯したので警察が来たと私は早合点して、小さくなっていたが、長兄が「おれの男がすたった」と母の前で男泣きしたので、自分の故ではないとホッとした。

長兄は、「おれの男がすたった」などと口外するほど古風な職工で、その代り「仕事の上では仲間の誰れにも退けをとらぬ」と、心中期するところのある日常であった。後日私が想像したところでは、親しい仲間に水沼辰夫というサンジカリストがいたので、この人々に組合の必要を説かれ、事務所のことを承諾したものと思われる。戦後私の名を活字で知った水沼氏が、長兄の消息を質ねて電話をくれたこともあった。

長々と記すこともないのだが、大正デモクラシーは、年表に記載されるほどの余波を私どもの狭い横丁にも送ってきたと、一つの実例を語れば足りるし、大正デモクラシーは大正を超え、昭和十年頃に至ってそれなりの結実を見たのではないかと、私の見聞を語れば足りる。

さて昭和二年の二月二十日、当時麹町区下六番町に在った文藝春秋社へ、菊池寛氏を訪ねた。この下六番町の建物は、故有島武郎氏の住宅をそのまま借り受けたもので、長屋門を潜ってから玉砂利を敷いた径を植込みの奥深く行くと、車寄せが見えてくるという古風な邸宅であった。有島家の先祖は、五千石取りの旗本だったとその頃聞いた。文藝春秋社と共に、文壇人の倶楽部風に使うというのが、菊池氏の計画であったらしい。

菊池氏への用件は、文藝春秋社へ入社の懇願にあったので、玉砂利を踏むにも心ここにない状態であった。室に通され、無言を続けていると、短い菊池氏の言葉があった。私がたどたどしく口を開くと同時に、苦渋の色が菊池氏に浮び、「人は余っている」と低声で答えられた。身の置き場所がなく、頭を深く下げ匆々にして室を辞去した。おそらく菊池氏は、「黒い御飯」に続く原稿の持込みと私を見られたに違いなかった。

当時同社の社員は、ほとんど縁故関係の入社ばかりで、「人は余っている」と菊池氏が苦々しげに云ったのは、いつわりない事実であった。

その頃の文藝春秋編集長は、菅忠雄と云って、小説も書く人だった。同人雑誌をやっている関係で、二三度すでに逢っていたので、案内をたのんでその室へ寄った。凍った気持を何かでやわらげたかった。

菅氏は、来客と話していて、その人を紹介した。横光利一氏であった。

横光氏は和服の両膝の間にステッキを立て、それを両手で支えて、椅子にかけていた。私より四つか五つ年長のこの人達は、「文芸時代」という同人制の雑誌を持ち、前年そこに、私は「泉」という短篇小説を発表させてもらっていた。初対面の挨拶をすませると、

「今日は、なんで?」と横光氏に聞かれたので、菊池氏にこれこれと答えた。

「僕と、もう一度、菊池氏の室へ行ってみませんか」

横光氏は如何にも気軽に椅子を立った。

横光氏に逢えたことで、私の運は開けた。

菊池氏は、「僕のポケット・マネーから、月々三十円やる」と、至ってそっけなく呟いた。

文藝春秋社に就職

文藝春秋社での所属は、当分「小学生全集」の編集部だと菊池氏に指令されていたので、翌日その室へ出勤した。旧有島邸はその名の如く日本間続きの広々としたお屋敷風の造りであった。その後間もなく、ここの庭で新劇協会のためのバザーを開いたほど、手入れの整った庭園も備わっていた。

「小学生全集」の室は、十畳と八畳の日本間をぶっ通しに使っていたと思う。新参者として挨拶のために入室したが、出入りする編集員のほとんどすべてが若々しい女性であった。後に分ったことは、文藝春秋誌上で募集した「文筆婦人会」のメンバーが、そのまま全集の仕事を担当、目白の女子大や津田英学塾その他、女子の最高学府を卒業した才媛ばかり集った訳で、才媛の名に相応しい美人ぞろいでもあった。

この中で現在も私が消息を知っているのは児童文学者として高名な、石井桃子さん一人になってしまったが、岸田国士、森岩雄氏らに望まれてその夫人となった女性を初め、文壇史に艶名をとどめた女性も何人かあった。右を向いても左を向いても眩しいばかりで、青二才の私は居たたまれず、二日目に出社して菊池氏を待ち、部署の変更を願い出た。私にもそういう時があったかと、自ら苦笑することが後々幾度か重なった。ちょうど「手帖」という新雑誌を準備中で、私は二日目からその方に異動させてもらった。

ちなみに、「小学生全集」は平凡社の企画、別にアルス出版社に同様企画があり二社の苛烈な競合となった。

文藝春秋社では、社員に昼食を給与した。私が奉公した林商店と同様、台所に続いた広い板の間に箱膳が並べられるが、社内のどこにこれほどの人間がいたかと思うほどの数であった。泊り込みの社員も何人かおり、その上昨夜からその社員の友人が宿泊したりして、昼食に顔をみせ、新参の私を驚かせたのである。菊池氏は、そういう小さな事には無頓着だった。

「手帖」の編集長格は、池谷信三郎という新感覚派の新進作家で、その人が芥川龍之介の原稿を依頼するようにと云うことだった。堀辰雄が芥川さんと親しいので、私は「山繭」の同人だった堀に頼んで、一しょに田端の芥川家へ連れて行ってもらった。これが成功して、芥川さんは気さくに逢ってくれ、原稿執筆も承諾をうけることが出来た。芥川さんは、堀を「たっちゃんこ」と愛称し、終始弟のように打ち解けた応対であった。堀の人柄にも才能にも、信頼し切っている様子が、同席の私にはうらやましく思われた。

その芥川さんが自殺したのは、それから二月ほど後の七月二十四日であった。

芥川さんの死後、菊池氏の書いた追悼文に依ると、文藝春秋社へ故人が菊池氏を訪ねて来たが、応対に出た社員が不在と答えたまま、芥川氏来訪の事を告げなかったため連絡が取れず、永久に不本意な訣別をしなければならなかったという痛切な文章があるが、それは私が、最初にして最後の面接の機会を得て間もなくのことであったろうか。

芥川龍之介氏の作品は、いつも才気が先行して愛読し切れなかったが、芥川氏の香奠返しとしてその年末に刊行された「澄江堂句集」に依って、私は氏の俳句の素直さに感銘し、俳句に対して興味を持つようになった。

「手帖」の休刊と共に、昭和三年私は「創作月刊」の編集に転じた。一切無稿料の文学誌で、「新人のための発表誌」という建前だが、なかなか編集は辛かった。その中で執筆に応じてくれたのが縁で、井伏鱒二氏を知ったのは幸運であった。以来五十余年に及び兄事している。また、「創作月刊」創刊直前に、文藝春秋誌が懸賞小説を募集したが、佳作なしの結果に終り、最終予選の原稿が積んである中から、偶然郷利基という作家の「滝子その他」を発見して、「創作月刊」四月号に掲載した。「郷利基」がゴーリキイをもじった匿名なことはすぐ察したが、これが小林多喜二氏の作と事後に知った時は、編集者として非常に嬉しかった。

この年、麴町区内幸町に新築された同潤会経営の虎ノ門独身アパートの一室に入室した。

日比谷公園の裏門に近く、六階建てのビルで、四階までを同潤会の事務所に使い、五階は普通の独身会社員、六階は新聞雑誌に勤める独身ジャーナリストに全階を提供した。地下室に食堂と浴室、自動式のエレベーター、電話は各個室にといった、当時としては画期的なアパートであった。室代は十八円か、洋服ダンスもベッドも備え付けられていたが、ベッドの藁布団の上に敷く布団と、夏場は蚊帳が買えず、滞り勝ちだった室代は、ボーナス期にまとめて済ませたが、布団と蚊帳はここを出るまで買えず、夏場は屋上に寝てみたこともある。蚊という奴は、六階などという高い所には来ぬという俗説があったが、東京の蚊には通用せず、夜明け前の温度の低下にも参って、一晩でやめにした。

独身アパートの自由さが嬉しく、私は毎晩おそくまで吞み歩いた。独身生活の初期で、屋台から屋台を渡って歩くような無茶な吞み方をしたが、酒の他のことにはまだ案外関心はなかった。

結婚・鎌倉へ移転

昭和九年、久保田万太郎氏夫妻の媒酌を得て、奥野悦子と結婚した。私は三十歳、麻布区永坂町に母と住んでいた。

文字通り形ばかりの披露をしたが、その席でも菊池寛氏から、手厚い言葉を受けた。「君の意志次第で、これを機に作家の道を進むつもりならば、一本立ちが出来るまで月給は今まで通りのまま支給するから、出社の必要はない」と、二十人ばかりの来客の前で、いつもの簡潔さで云われた。

それまで私は、一年に二作三作と思い出した時分に短い物を書いて来たが、それは文学への郷愁とでも云うべき片手間仕事で、取るに足りないと自ら知っていた。同年輩の新進には素質豊かな人が多く、到底この人々に伍して才能を争う力はないと腹の底から思っていた。

結婚を決めるに就ても、現在の給与を念頭に、妻子にいたずらな不如意をかけぬことを第一に考えていた。妻子に実生活上の迷惑をかけても自分の道を貫くというのは、それだけの才能と自信ある人だけに許される道と思っていた。

数日の旅行から妻と東京へ戻ると、その晩は赤坂のホテルへ泊ることにした。私は妻に、明日から現実生活が始まる、家に帰るとまず母がいる、君の家と私の家では家風も異うし、君の母親と私の母とは気質も異う、いろいろ君には苦労をかけることだろうがよろしく頼むと、一番心がかりの点に触れた。

私の母は、長兄達の妻と折り合わなかったことを私は長い間見てきていたので、そのように語りかけたが、母を知らぬ妻にしては、そのまま聞き流すより他はなかったであろう。

文藝春秋社への通勤が始まった。何も聞かなかった顔をして、菊池氏に挨拶した。

その年六月に、最初の短篇集「絵本」が出版された。発行所の四季社は、堀辰雄と親しく堀君の好意で世に出た。なお、七月号の某誌には「麻布」その他二篇を書き、鎌倉へ移転した。震災後、自分の東京はもうどこにもないという感じがいつも頭を離れなかったが、その気になったのは今日出海君の手引きに依る。大塔宮の門前、筋向うに当る角の二階家だった。毎朝夕、大太鼓を打ち鳴らして時を知らせるので、ビーンと力強く、一打一打が腹に響いた。まだ鎌倉町で住人は少くあの辺は昼間も静かであった。宮司に太鼓のことを聞くと、号鼓と教えられた。号砲とか号令とかの用語を思い出し、なるほどと思った。

鎌倉駅のホームへ着くと、毎晩星が美しく、「鎌倉山の星月夜」という、何かの文句が浮んできた。横丁横丁を抜けて歩けば、昔の山の手の東京が偲ばれた。その頃の鎌倉には、親子孫と、三代にわたって横浜東京へ勤めているとか、学校へ通っているとかの一族が多く、気位が高く排他的な一面があった。それにつれて土着の商売屋なども、新しい住人を軽くみる気風が付きまとうのは、古い町の欠点であった。引越して来てから、現在まで五十年に近いと指を折り、現在の家に落着くまで、鎌倉うちを六七回借家を転々したと夢見心地になる。

戦争中は、社寺の前を通るたびに、バスの上でも「武運」を祈って礼拝をしなければならなかった。現金なもので、負けてからは振り向きもしなくなったが、実は私は、いまも八幡宮前を通る時は礼拝する。

いよいよ日本は駄目、横須賀軍港から米軍は上陸するという風説が、終戦前に流布された。海軍勤めの連中の中には、トラックに水兵を多数乗せて来て、家財道具を積み込ませ、逸早くどこかへ雲がくれするのもあった。私は東京生れだし、妻は北海道生れだから、いまになって疎開などは不可能である、二人の幼い娘もあることだし、どうしたものかと夫婦は相談の末、そうなったらここで四人で死にましょうと話は決し、私は友人に青酸加里を分けてもらった。

それが、鎌倉にいたおかげで、遂に空襲も受けず、四人とも無事で生き長らえたと思って以来、この土地に感謝の気持で、八幡宮に礼拝を続けている。愚か者と嘲られるかも知れない。

鎌倉へ移ってから何年間かは、月々の勘定に必ず五円不足が生じ、早くボーナスの時期がくればよいと、妻は思ったという。当時の五円は相当辛かったろう。私は戦中戦後の方が思い出が多く、バスの運転が止ってから、駅から帰宅する時は、先きを歩く一人物に目標を定め、あの男を必ず追い抜くときめた。期せずして競走になり、随分早く帰宅出来た。戦後には若い米兵に理由なくストレートを食わされてふっ飛び一週間臥たし、横須賀線が大船駅へ滑り込む直前に、黒人兵にホームへ蹴出されたこともあった。八十になっても、詰らぬことを覚えていると、よく人に笑われる。

母の死

妻帯後、鎌倉へ引っ越した翌十年三月に、母ヱツが死去した。享年六十四歳であった。鎌倉から東京の義兄の家へ出かけ、滞在しているうちに喉頭部に異状を訴え、近くの病院に入院したが、悪性の腫物ということで、初診で不治と診断された。腫物の個所が悪く手術は不可能ということだった。飲食物が咽喉部を通らず、食欲はあったが衰弱するばかりであった。後々癌が取り沙汰されるようになってから、あれは喉頭癌ではなかったかと、身内の者は推察した。

震災後は孫の出来た長兄宅を主に、大事にもてなされる義兄の家から、独身当時の私と麻布に住み、それから鎌倉と転々とした晩年を送った。兄弟達は、短い期間に居所をかえれば、母の気持も変り嫂達にもその方が楽と判断したのだが、振り返ってみると、女は三界に家無しのことわざ通りと思われた。

病院のベッドで、声の不自由な母が、「鎌倉へ帰って、光るような鰹のお刺身で御飯が食べたい」と私にうったえたのを、よく覚えている。

私の短篇小説に「日向の萱」というのがある。戦後文筆に専念するようになってから、昭和二十六年に書いたものだが、その中の一人物に仮託して、死後の母との再会の体験を記した個所がある。

「ご存じでしょうが、滑川へ入る小川の一つが、私の家から三十分ほど先きの丘に沿って、浅く流れて居ります。小さな石橋を渡って丘まで突き当れば、高見に稲荷神社のある所で、水の流れはごくわずかなのですが、川幅にくらべて両岸はかなり深く、秋空を冷えびえと映していました。

石橋を渡った右手には地主の家の門があり、大きな欅が日を浴びて聳えています。散り尽したその落葉が、その辺から、深い川の岸へかけて一面に散り敷いています。橋の左手は、川の上の崖が孟宗の竹藪で、かすかに揺らぐ葉先きを見上げると、欅の枝から竹藪の上にかけての秋空が、ひときわ澄み渡るような気がしました。竹藪の中に、何か音がします。それが一層静けさを増すように思われました。

ふところ手をして、私は石橋を渡りました。竹藪をもれる日ざしが、チラチラと着物の上を撫でるのを、私は知っていました。渡り切って、二足三足ゆっくり足を運びつづけた時でした。ふところ手をした私の肩に、ふんわりと誰かが身を寄せかかりました。

それには、私を驚かせるような気配は少しもありませんでしたが、その代り振り放そうとしても、決して私の肩を去らないであろうことが、すぐさま身に感じとれました。私は、それが誰であるかをも、すぐ諒解しました。

行く手に、枯れ尽くした萱の丘が、午後の日をうけてあたたかく柔かく見上げられました。いっ時、なんとなく不自由をおぼえた姿勢を、私はゆるやかに動かしてみました。――私は亡くなった母親を背負っているのでした。母は一言も口をききませんでしたが、安心して体を委せているのが私にはよく判りました。それ以来、出来るだけ私の邪魔にならないように、気配りをしながら、私の背を母親は去りかねて居ります。私の気持を分っていただけるでございましょうか。

丘をめぐって、私は散歩を続けました。東京の母の墓にも随分永く詣でていないことや、けさも古い用箪笥の引き出しでみつけ出した、いろいろなボタンや細かな金具を入れた、母の遺物の小箱を思い出して居りました。

これからの私が、私自身の日常の行ないの上で、母を成仏させたと確信するまでは、当分背の上を静かな居場所として、小柄な母は私と一しょに暮すつもりなことが、よく察せられるのでございます」

自分の少年時代を思うにつけて、私は母の至らなさを恥かしく思ったり、ある場合は憎んで来さえした。貧しさに負け、心の余裕を失った一人の母親を、冷たい眼で見ながら生長したが、母親の血というものが、いつの間にか直かに私に通っていることを、その時身に染みて実感した。その私が享け継いだ欠点を、なんとか私の行為の上で償なわない限り、母は成仏しないのだと、私は素直に感じ取った。

鎌倉も、土地があれば家が建ち、山を崩して団地が出来るという風に、終戦以来すっかり変ってしまった。

それだからなお、その時私の渡った石橋や欅の樹を、いまだに懐しく思い出す。石橋の石の組み方も、珊瑚樹の実の成った垣根も、川岸でゆれる竹叢も、それぞれがあの当時の人の棲みかの静かさに通じていた。

芥川・直木賞制定

この夏は暑かった。

毎夏、私の家は蟬が多く、蟬しぐれなどという生易しいものではない。東京から来た客などは、こんな中で話がしていられるかと、汗を拭き拭き匆々に引き揚げる位だから、知っている人は知っている。今年は少し出てくるのが遅れた様子で気を許していたところが、七月に入ってたちまちいつもの調子で鳴きしきった。数知れない油蟬がエンジンを全開すると、暑さは二度位すぐ上ってくる。そこへミンミンが傍若無人に割り込んでくる。本稿の書き出しが迫っていて、家に引き籠る日が重なったが、なかなか仕事に身が入らない。これが老衰というものかと、つくづく観念した。

今日出海君の容態が悪いと聞いたのはその頃である。今家は私の家から東へ五分、故小林秀雄家は西へ五分の中間に所在する。まさか今君がと、片蔭のある時刻に見舞うと、本人は割りに元気と見えたが、食べものを殆んど摂らないと云う。やはりこの暑さではと思い、奥さんをなぐさめて帰宅した。それから一月後の不幸であった。葬儀の日も、接待係りの人が頭から水をかぶるほど暑かった。

原稿用紙を丸めては捨て、日盛りの庭へうつろな眼を向けて、白い百日紅が咲きはじめたのに気付いたのは、八月の初めであったが、今日は九月の十日、朝夕の温度は急に下って、微熱があるのではないかと惑うほどである。近年の天候の変化には、人間を無視したところがある。

この稿もあと数回で終る。しきりに気が急くが、ここまで来てはどうにもならない。

「私の履歴書」のような読物は、時としては口外を憚る過去に立ち向い、土を吐く気力がなければ執筆の意味はないと、当初は腹を据えた心組みであったが、今度も途中で挫けてしまった。軽々にそれを敢えてすると、思わぬところへ迷惑を及ぼす場合が生じ、本人が高齢に達してからは、すでに同行者に物故した人々が多く、独りよがりな発言と嘲りを受け、一笑に付されるような場合も起る。自分を曝け出すには、深い思慮と細かな心遣が欠けては、なんの役にも立ちがたいと思う。

とにかく、先を急ごう。

昭和十年の文藝春秋一月号に、「芥川・直木賞制定」の記事が発表された。以来半世紀を経て、今日の両賞に及ぶことは云うまでもないが、その前年昭和九年四月号の同誌上、菊池寛は「話の屑籠」で、「直木を記念するために、社で直木賞金と言ふやうなものを制定し、大衆文芸の新進作家に贈らうかと思ってゐる。それと同時に芥川賞金と言ふものを制定し、純文芸の新進作家に贈らうかと思ってゐる。これは、その賞金に依って、亡友を紀念すると言ふ意味よりも、芥川直木を失った本誌の賑やかしに亡友の名前を使はうと言ふのである。」と予告している。

戦後「芥川・直木賞事典」その他かなり詳細な出版物が刊行されたが、私にも「回想の芥川・直木賞」（文藝春秋社刊・五十四年）という一冊があり、その後、編者小田切進氏に依って「芥川賞小事典」が五十八年「芥川賞全集」の完結後に、同社から発行されている。

「外から見た両賞の歴史は、かなり詳細なものが何種類か刊行されているが、経営に当っていた内輪の者の眼で両賞の周辺を語れというのが、『文学界』編集部の意向である。なるほど私は、両賞創設以来、戦中の昭和十八年上半期まで事務の一切を処理してきた。年に二度の候補作収集から、銓衡委員会の日取り、会場の設定まで、文字通り下働きを続けた上、戦後は両賞委員も勤めたので、思い起すことは幾つかある。

こういう『回想』は、独断に堕ちてはならないが、幸い第一回から委員をつとめられている瀧井孝作氏をはじめ、戦中辞任された白井喬二氏や小島政二郎氏らも健在なので、もし私の記述に、あるいは記憶に誤りがあれば、これらの諸氏から貴重な指摘を得られるかも知れない。」

云々の前書きを、私は「回想の芥川・直木賞」の巻頭に記した。

文藝春秋誌「芥川・直木賞制定」の記事以来、私は両賞の下働きを、「常任理事」という体裁のよい肩書で、十八年上半期まで続けたことになるが、それまでの数年間の私は、社内で二つのミスを犯し、編輯上では仕事らしい仕事には着いていなかった。

二つの大失敗

昭和六年のことだったと思う。文藝春秋誌の編集担当中、大きなミスを犯した。同誌に連載していた菊池寛の「話の屑籠」は二頁見開き、原稿用紙四五枚の文章だったが、毎号呼びものになった。後々単行本にまとめられたが、菊池氏の代表的な感想集と云うべく、現在読んでもなお新鮮さを失っていない。

「時の政治に就いて、世相に就いて、勿体ぶった言いまわしや体裁を作ったところは、終始見られない。あるいは身辺を語り、文藝春秋社の経営状態を卒直に読者に報告するなど、思いの及ぶままに筆を進めるうち、自ずと菊池寛の人物思想が浮び上ってくる。『文藝春秋』の編集部がその頁だけ残して校了が迫ると、雑司ヶ谷の菊池家へ駆けつけ、一時間ほど待つと、和服姿の菊池氏が近眼鏡を片手に、眼をしょぼつかせながら書斎を出てきて、まだインキの乾き切らぬ『話の屑籠』の原稿を手渡す。」（回想の芥川・直木賞）

校了間際には、三日ばかり印刷所へ出張して校正室に詰めるが、その月に限って私は、菊池家へ原稿を受取りに行かれず、部員に代ってもらった。これが間違いの元になった。急いで組に廻し、校正が出てくると、原稿に加筆が多くそのままでは意味が通らない。早く校了にしたいのは私ばかりではない。部員は「校了会」を待ち兼ねている。再三味読を重ねた上で、これでよかろうということにした。

校了会は、いつも夜明けになる。これで済んだとなればハイヤーを呼び、印刷所の校正係りもいっしょに、上野池之端にあった「揚出し」へ向う。「揚出し」は当時の大衆料理店で、銭湯をほんのすこし小振りにした大きな風呂場があり、上野駅へ早朝の列車で着いた客、吉原その他の遊び場で一夜を明かした客など、暁方から夕方までが営業時間であった。まず一風呂浴び番頭に背を流させてから、一面に籐の薄べりを敷き詰めた大座敷へ通る。人数だけの居場所がきまると、隣りの客とはつい立で仕切られるといった、気転を利かせた店であった。名物「揚げ出し」は、豆腐を揚げた酒のさかなで、揚げ立てのあつあつを運んでくるので、その名があり、店の名にもなった。東京の「名物」として知られ、小絲源太郎画伯はこの家の子息と聞いている。

印刷所の校正室に立て籠った後では、ここで汲む酒はうまかった。うまいにつけて、編集の責任者には気にかかることが、鼻の先きに見えてくる。当時は検閲制度というものが眼を光らせ、内務省と警視庁と二つの検閲を通過しなければ、市販を許されなかった。

雑誌の見本刷りが出来上ると、即刻その二個所へ届け、それから数日は、毎月の例でありながら責任者は胸苦しい時を過す。特に「綜合雑誌」と呼ばれて社会全般を記事とする雑誌は、世相の厳しさにつれて、検閲の注視の的になった。発売禁止を命じられれば、抵抗は一切無駄、出版社側は泣き寝入りするほかはないが、「削除」という処置を受けても、その損害は甚大であった。トラック数台に社員を分乗させ、印刷所をはじめ大売り捌きを廻って、指定の記事を削除した上、「削除済」というゴム判を数万部の一冊一冊の表紙へ押捺しなければならず、そういうかんじんな個所を削られた雑誌は、いつものように売れる訳はなかった。雑誌編集の経験を持つわれわれ古参は、終戦後の同業者諸氏を、心から祝福している。

その月、見本刷りが出来上ると、私は社長室へ呼ばれた。菊池氏と編集局長が待っていて、菊池氏の面責を受けた。「話の屑籠」の校正は、校正の意味がないではないかと云うことだった。編集局長は文藝春秋生え抜きの人だったが、平素から自己の意見を持たず、その時も無言であった。私は即座に、何故原稿入手のために、菊池家へ行かなかったかと自らの非を認めたが、あの原稿では、これより他に版を組むことは不可能ではなかったかと、胸のどこかに納得せぬものを残した。

これが一つの大きなミス、ついで翌七年九月号の「オール読物」で、某暴力団の内幕をあばいた実話を掲載、これは私の無智から出たミスで、菊池氏と社に大変な迷惑をかける事になった。菊池氏の態度は実に立派で、暴力団の脅迫に対して一歩も退かなかった。

「君が始めに、何故強硬に出なかった。その上で君が二つ三つ殴られるとか、蹴飛ばされるかすれば、そこで僕の出番が来る。順序が逆だから、あの連中をのさばらせることになった」

　これは菊池氏の教訓で、身に染みた。

　某という東京市長が仲に入り、事件は金でおさまったが、私の四十キロの体重は、三キロ減った。辞表を提出して謹慎したが、「辞表は、前の『話の屑籠』の時出すかと思っていた」と、編集局長が菊池氏の言葉を伝えてきただけ、その代り社内では、当分日の目を見ぬような存在になった。

満洲文藝春秋社創立

　ちょうどその頃、鎌倉の浜に釣り堀が出来た。海水をポンプで入れかえ、鯛平目その他海の活魚を、三崎方面からトラックで運んできて、本式に餌で釣る。引っかけ釣りは、熱海などにいくらもあったが、これが人気を呼び毎日大入り、東京から通う客もあった。私は月賦で自転車を手に入れ、週に二日は社を休んでここで鬱を晴した。散歩の途中小林秀雄がこれを覗き、「あっちに、あんな広い海があるのに、馬鹿な奴らだ」と云ったが、家来を引き連れた元台湾総督とか、潜水艦の艇長とか、いつ急患から電話がくるかという医者なども常連で、久保田万太郎の「釣堀にて」とは異った芝居になるなと面白がったものだった。

――そういう後の「芥川・直木賞」係りだから、仕事には身が入り、専務取締役に定着した佐佐木茂索氏が細かい事によく気のつく人柄だったから、横から槍の入らぬよう気配りして働いた。年譜に依ると、十五年六月に社内に局制が敷かれ編集局次長に就任と記載されている。

翌年十六年か、翌々十七年の新年号か、私の担当だった「オール読物」が、本誌の「文藝春秋」の発行部数（十五万だったと記憶する）を抜いて社内のトップに立った。つい三四年前までは会計部から「道楽息子」と蔭口された程の赤字続きが、ぐんと伸びた。これは実は編集者時代の私の自慢話だが、この十六年頃から社員に続々と召集令状がくるという時代で、十二月八日には云うまでもなく太平洋戦争が勃発した。

本誌を抜いた、さあ「キング」でも「日の出」でも来いと力んでいると、「用紙制限令」という非常指令の実施を受けた。

昭和十八年は三十九歳、二月に取締役に就任、四月号の「文学界」に「手袋のかたっぽ」を発表の後、満洲文藝春秋社進出のため、新京へ赴任した。渡満は四度目であった。この時、「日本文学振興会」理事を退き、「芥川・直木賞」の事務から離れた。

二十代の初め、当時報知新聞社会部長だった御手洗辰雄氏宅に居候をしたことは、さきに記したが、その時御手洗氏の後輩で、同じような居候格だった後藤和夫と私は知り合い、それ以来親しくしていた。文藝春秋社にも折りあるごとに遊びに来て、菊池氏に顔を知られ、白系ロシヤの作家バイコフの著作を出版部へ持ち込んだのも彼であったが、当時は満洲国新聞協会理事として働き、満洲（現在の中国東北部）での出版界についても通じていて、用紙はまだまだ豊富だから、進出して来る気はないかと云う。内地の用紙制限は日一日と厳しさを増すばかりだったので、私はそれを菊池氏に進言し、取り上げられて満洲行きが決った。出発に際して、菊池氏は十万円を手渡し、たった一言「金を使っちゃ駄目だよ」と云った。その頃の法律では、株式会社の資本金は十九万円に定められていた。

（このことの詳細は、もう私には確かな記憶がないので、大方の専門家の判読を得たい）

新京の満蒙ホテルという二三流の宿に泊って、関係諸官庁の瀬踏みを開始したが、文藝春秋社という名で得もした代り、損もいろいろあった。役人はすぐ面接に応じてくれたが、心は許さない。在満の出版社が共同戦線を張り結束を堅くしていたし、文化関係を牛耳っている元陸軍憲兵大尉甘粕正彦が上から白い眼で見ている。その内に、池島信平、徳田雅彦、千葉源蔵の同僚が後続社員として参加する。事務所の欲しいことは当然だが、室代を払い体裁を調えれば、四人の滞在費は別にしても十万円の半分は飛んでしまう。責任者として、菊池氏の「金を使うなよ」のたった一言が、重くのしかかってくるのは当然である。

私は意を決して、後藤和夫が新聞協会から提供されている「公館」に同居、応接室を改造して「満洲文藝春秋社創立事務所」の看板を下げ、三人の同僚とここに寝泊りを始めた。協会の公館に看板を下げる無謀さを、後藤和夫は平然と見過し、楽しそうにわれわれと同居した。満洲でなければ、見ることのない図であった。

それまでの経過を詳細に述べられないのは残念だが、もうその余白はない。

内地の文藝春秋社は、すでにその頃、佐佐木茂索氏を「副社長」の名のもとに現役を退け、右傾した社員数名が、古参で無能の編集局長を祭り上げ、神がかりの宣言を誌上に発表するなど、無惨な変貌を呈していた。私の後を追って新京にきた池島、千葉、徳田君らは、自由主義的な人物として、追放されたにひとしかった。

昭和十九年一月、事務連絡のため一時帰国、というが、渡満以来私の苦労は、内地勤務の百倍にも千倍にも思われた。何事も私が先きに手をつけないと、新婚早々の妻を内地に置き、味気ない合宿をする池島君をはじめとして、乱雑な毎日であった。私は食事を作り、部屋の掃除や風呂場の掃除にも先きに立った。池島君ほどの聡明な人物も、満洲に連れてこられたのは私のためだと、錯覚を起しているように見えた。池島、千葉両君が帰国すると交代に、香西昇、式場俊三、小松正衛の諸君が着任した。

文藝春秋退社

昭和十九年七月、満洲国政府直轄の雑誌「芸文」の発行が、満洲文藝春秋社に委嘱された。これで、われわれの進出は確保された。

池島、千葉君の後任たる香西昇、式場俊三両君は、内地の社内で同じ部内に働いた仲間だし、徳田雅彦君とは「公館」暮しで気心は通じていた。小松君はただ一人奥さん同伴の着任だったから、一家の形になった。

「芸文」の委嘱に続いて、単行本出版の認可も下り、ホッと一息したところへ、在郷軍人点呼の通知が来た。「丙種合格、兵役免除」の検査結果も、関東軍管下では無視され、奉公袋には家族への遺書、遺髪を用意し、長髪の者は断髪して点呼に備えよと注意書が添えられていた。七月十五日夜、満洲図書配給会社、社長田中総一郎氏の音頭取りで、剃髪式ということになった。田中氏は川口松太郎氏と同期の劇作家で、渡満以来いろいろ斡旋を受けていたので、その夜は某料亭に席を設け、剃髪をさかなに満洲新社の将来のために盃を上げた。

二十年振りに坊主頭になると、太陽とはこんなに熱いものかというのが最初の感想であった。四十キロに足りぬ瘠身に面と胴を着け、木銃の訓練、炎天下の匍匐前進など、遠慮なく強行され、馴れぬ業とは云え大トチリを仕出かして憲兵に小突かれるなど珍談苦心談はいくらもあった。

満洲新社の基礎も確立されたし、香西、式場君らもすっかり新京様式に通じたので、十月中旬後を頼んで一時帰国と定めた。いつもは新京から満鉄で一直線に釜山に着き、連絡船に乗り移れば日本という気安さで往復した旅程であったが、どこをどう回ったものか、朝鮮の清津港で列車を降り、敦賀港へ渡るのだと聞く。敵の潜水艦の日本海出没がしきりのためだと、教えてくれる同伴者もあった。途中要所駅の警戒も厳重だし、車中憲兵の態度もただごとではなく、新京にいては窺い知れぬ非常事態であった。来春の帰路は相当なものだと覚悟したが、敦賀に着いてから、鎌倉の家までは、思わぬ乗り換え乗り継ぎの連続ばかり、いよいよ復路の不安が強まった。

その年末、東京本社の責任者が、召集された。男手は、数えるほどしかいない。菊池氏から、「後は君がやれ」と命ぜられた。翌二十年三月専務取締役の肩書が付いたが、用紙その他の資材は皆無で雑誌は発行不能となり、応召社員家族への送金位しか仕事はなく、敗戦は歴然たるものであった。

後々考えると、妻子を置いて満洲へ復帰する私を、菊池氏は見るに忍びなかったのだと思う。

三月九日、同僚香西昇君の留守宅を見舞い大森駒込付近で大空襲に遭った。B29は、高射砲の着弾距離の上を悠々飛翔、爆弾投下をほしいままにしたが、その中の一機はわが方の戦闘機の体当りを受け、大井町方向の海面に黒煙りを噴いて墜ちた。B29の跳梁は横浜大空襲以来の数だったが、撃墜は初めて眼にする光景で、危険を忘れて傍観した。

この時期まで無きずで通してきた鎌倉に、にわかに疎開風が吹き、青酸加里を入手した経緯は、前回に記した。十一月には、疎開先きで妻を亡くした長兄が、中風状態で転げ込んできた。

その間の年譜を参照すると、「十月文藝春秋復刊号を発行」「十二月文藝春秋新年号を発行」翌二十一年「二月文藝春秋別冊発行」と記されているが、私の記憶は混沌としている。

満洲新社からは「コンキ一ワリハイトウトケッス」の電報があったまま、連絡は絶えた。香西昇君その他は、新京で「文春そば」を経営したり、苦労の末引揚げ者として帰還、全員無事だったのは、正に不幸中の幸いと云うべきであった。

三月七日、菊池寛氏が文藝春秋社の解散を決意、私は氏に従って退社を表明、「文藝春秋別冊第二号」の編集が最後の仕事になった。「別冊」の称号は今日まで各社で用いているが、当時の用紙不足の中で窮余の一策として私が名付けたものであった。

文藝春秋退社後、間もなく、小林秀雄林房雄氏らと新夕刊新聞発刊に参画したが、ここで過したのは翌二十二年十月までで、マッカーサー司令部の「公職追放令指定」に依り退社、今度こそ文筆生活の他に、妻子を養う道はなくなった。四十四歳の事であった。

とにかくここまで、筆は運んできたが、記述の疎密は甚だしい。小作家としての私の履歴もこの辺から始まるのだが、次ぎの機会を俟つより他はなく、読者諸氏に深くお詫び申上げる。

連載中、多数の方々から通信をいただいた。明治大正の思い出は、いまも同時代の方々の中に生きているとつくづく感じたことを悦び、私の記述の誤りを御指摘下さった方々に感謝する。来書の一通には「年は取りたくないものだ」と、私が云わなければならぬ言葉を代弁して下さった読者もあった。厚く御礼を申述べる。

（日本経済新聞「私の履歴書」・一九八四年八月一九日〜九月一七日）

四季雑記

谷戸の初鴉

私は正月が好きだ。

年配の方には賛成者が多いかとも思うし、もう飽きあきしたとそっぽを向かれる方が、案外多そうな気もする。私が正月を大事にするのは、子供の頃の記憶がいつまでも尾を引いているからである。それも、楽しかった思い出の故ではなく、永患いの父が家に臥ていて、家計に苦しみ抜いた母が、三ヶ日の行事など無視した家の内が味気なく、よその家の賑やかさ明るさをうらやんだ幼少時の経験が、心に残ったからである。

貧乏臭い話は一切省くとして、私は三十歳で妻帯し、自分の家が始まった。その最初の正月が近づくと、妻にああせよこうせよと、いろいろ性急な注文を出した。当時私は俸給生活者だったので、そうは申しても出来得た事は多寡が知れていた。以来五十年、自分の家の正月というものを、毎年少しずつ意にかなう形に作り上げて来たことになる。別に吹聴するほどの松の内ではないから、これも一切省略するが、正月を大事に暮そうと云う心がけは現在も残っている。

　七十過ぎてよく思い出すのは、「冥途の旅の一里塚」となにかにつけて云い古された句である。上の句を度忘れして、「元日は」だったか、「門松は」であったか浮んでこないので、つい先日さる人と雑談中に、「あれは確か一茶の句でしたね」と質問した。「どうしてまた、古めかしい句を」と、客が云う。

「一茶という人の句には、時々ひがみが味になっているところがありますね。門松は元来長寿を祈願する意味のものだそうですが、それを冥途の旅と一茶流に云い放つ。そこが気に入った里の坊さんやつむじ曲りの隠居が、事があればこれを手軽に引用して、目出度い目出度いといい気になって暮すのはとんだ話だと、人々を警めたのが始まりでしょうが、あるいは一茶は、だからこそ正月はもう来ぬものと思って一年一年大事に祝えと、反語を含めて云いたかったと、私は解釈しておりますが、どんなものでしょう」

　私がそう問わず語りをすると、温厚な客は破顔して、そういう解釈は初めて聞きます、お目出度くて結構ですと同意してくれた。

　初茜とか初空とか、あるいは元日に降る雨や雪を御降りと云ったりする気持が、年を重ねるとだんだん分ってくる。昨日おととい飛んで来た姿は少しも変りはないのに、初雀と呼んだりする。それでいいのだと思う。

毎年大晦日、家の中が片付いてから床に供えるのは水仙である。西洋種ではない水仙が、十二月に入ってから庭に開きそめる。それを二本か三本剪らせてもらって、三ガ日のために一輪ざしに挿す。菜の花も欲しいが、手に入るとは限らない。百花園の七草籠は、正月になってから届けてくれる人がある。

年をとってからは、西洋種の花々は美しいとは思わなくなった。せいぜい、バラかフリージャか三色すみれ位なら邪魔にならないが、ここ数年大騒ぎされる洋蘭などは私にはあかの他人で、ただ春蘭のつつましさだけが忘れ難い。

正月には盆栽を頂戴することがあるが、陽気がよくなった頃を見はからって、庭の一隅に下してやる。梅も松も、いつの間にか大きく伸々育ったのが数本ある他、福寿草も思わぬ頃に咲く。七草籠にはもう一種、庭の犬ふぐりを植え添えたりする。

花ではないが、花同様に美しいのは繭玉である。くれも大晦日に、必ず届けて下さる人があって、いつもの場所に飾りつけると、初春の明るさとはこれかと眺め入る。紅白のつぶらな繭玉だけを柳の枝に付けた風情がよいので、小判その他を付け足したのは下の下である。

正月の句と云って、すぐ思い浮べるのは、芥川龍之介の、

元日の手を洗ひをる夕ごころ

である。芥川さんは当時田端に住んでおられた。上野の山のもう一つ奥に当り、当時は閑静な住宅地であった。この作家と、東京を故郷とする光栄を持つ私は、この句に接すると いつも必ず、元日の静かさの中に、上野駅の操車場から伝わる汽車の汽笛を遠々と聞く思いがする。元日もいましがたまで、芥川さんは仕事をしていたかも知れない。手水鉢の柄杓を手に、一息つかれながら夕茜の空を見上げておられたかも知れないと、瘠身の故人を偲ぶ。

昨秋の三浦半島は、逗子葉山鎌倉と数年振りに、落葉樹の紅葉が濃く、小山に囲まれた谷戸内のまず桜、それから柿、櫨《はぜ》と山裾の家の庭から雑木山まで美しく、好天続きで散歩がたのしみであった。

桜紅葉白鷺谷戸に舞ひ立てる

柿紅葉染井吉野と日を移し

椎の実を齢の数ほど小さき掌に

日記代りに、そんな句が記してあった。

十年は昨日のことよ初鴉

これは数年前の句である。

（俳句四季・一九八五年一月）

新年日記

暖かな元旦だった。

床の間を背にして、われら老夫婦の膳が並び、さし向いの一膳は、歳末から手伝にきている姪の分である。昨年も一昨年もこの通り少しも変りはない。

座蒲団に坐るのは、久振りである。三人そろったところで、小庭を眺めながら、天気でよかったと思う。茶の間との仕切り襖は年中明け放しだから、庭に咲いた水仙を、茶棚に三本ほど活けたのも見える。

屠蘇を祝う。新年を迎えるごとに、年々多少とも心をたかぶらせ、この年こそはなどと肩を張ったものだが、もうそんなつもりはない。昨日の今日、普段着のまま座敷に籠る一老残という姿か。元日とは、一年中で一番静かな日ということかな、と云って、杯に酒を注いでもらう。

門松を立てるのと一しょに、家の内外に輪かざりをかけてまわった。庭木戸などにかけたのが、新藁をそのまま風に吹かれるのは、正月でなければ見られぬ。新藁はまた、風にしたがって清々《すがすが》しく鳴る。

しかし、歳末から連日暖か過ぎはしないかと、私は猪口を置く。そう、多人数のお宅では、お重の味が心配でしょうねと、老妻が案じた。陽気までが、少し狂ってきたと感じられるふしもある。雑煮を祝って、私は匆々に茶の間へ引きさがる。姪が立ってきて、湯呑に茶を注いでくれた。祝いの酒は、二三杯がいい。君たちは昨夜、除夜の鐘を聞いたか、おや、そうでしたね、やはり風向きが違ったんでしょうかの応酬があった。鎌倉で鐘声を聞かぬ大晦日は珍しいが、これほど温度差があれば、風向きが違うのも当然かも知れない。正月は寒いものときめ込んでいるのも、老人の感覚だろうか。

三日には、若木の方の白梅が一輪開いた。

五日夕刻からの雨が、夜半に雪に変ったらしい。起床時には日が射し、庭に淡雪が残っていた。その前日四日には、鎌倉うちの沢寿郎氏の訃報に接した。少し気分がよくないと、持薬を服用した後、間もなく亡くなったという電話であった。火葬場が正月の休みで、葬儀は松過ぎの七日、通夜は明夜と聞いた。二十代からのつきあいで、今年の年賀状もここにある。

半月ほど家事を手伝ってくれた姪が、明日は帰るという。また、老夫婦二人の暮しに戻る。

六日夜の通夜は、急変した寒さであった。

一月七日朝刊で、耕治人氏の死去を知り胸をうたれた。正午沢家の葬儀に列して帰宅後、耕氏の遺作「そうかもしれない」を読む。所載誌「群像」二月号は、昨日郵送されたばかりである。大学ノートに下書きしたものを、病中原稿用紙に書直し、五十枚前後と後日に聞いた。

「六日午前六時三分、舌がんのため東京都新宿区東京医科大学病院で死去、八十一歳。七日正午、落合斎場で近親者が見送り、葬儀・告別式は行われない。夫人のよし子さんは入院中。

熊本県生まれ、明治学院卒。自費出版の『一条の光』で読売文学賞、『この世に招かれてきた客』で平林たい子賞、『耕治人全詩集』で芸術選奨文部大臣賞を受け、最近作『天井から降る哀しい音』は、八十歳の日常生活を描いて、『老年文学の真骨頂』と高い評価を得た。」（七日付「朝日新聞」朝刊から引用した）

夫人は「特別養護老人ホーム」に在院し、耕氏はたとえば「私は右の肩から、管を通し、食事を血管に入れているせいか、それとも口腔の病気のためか絶えず右の耳に圧迫感があり、頭の右半分は時折キリでもむような痛みを感ずることがある。そのせいか頭の働きが鈍くなったようだ。」と、自ら語るように、夫妻別個の入院生活が続いていた。最後の作品の題名「そうかもしれない」は、昨秋九月二十九日午後三時、夫人が車椅子に乗り、耕さんの病室を見舞う話にしぼられる。

お客さんですよ、という看護婦の声に、耕さんは病室の入口へ向いた。BMホームの寮母さんに附添われて奥さんがいた。血色もよくよそ行きの着物を着て、ニコニコと寮母さんに話しかけていたが、奥さんは入歯を外しているので、耕氏には聞き取れない。寮母さんは役目として、この人は誰ですか、この方があなたの御主人ですよと、再三繰返すうち何度目かに、「そうかもしれない」と、低声だが、はっきり答えたと、耕氏は記している。つい昨秋の午後のことである。五十年連れ添った、八十一歳同士の老夫妻の姿を描き出していただきたい。

「点滴の身を忘れ、時の経つも忘れ、いつか私はベッドの上に正座していた。その私の体は、自然とBMホームがあると思われる方へ向いていた。」

小説の終章を、そのように結んだ耕氏が、奥さんを置いて、一月六日早朝に逝去された。耕治人氏とは、到頭一度もお眼にかかれなかった。

（文藝春秋・一九八八年三月）

寒三十日

夕食の跡片付けがすみ、柱時計が安息の時を刻む。今日一日がもうすぐ終るのだが、母親の勤めはまだ残っていて、銭湯へ行く仕度にかかる。

中二日か三日置いて、そういう晩がくる。

眠くて眠くて、もうほかに慾も得もないのだが、嫌やだなどとは云っていられない。お袋に突き出されるような形で、私は家を出る。

大正の初め頃の東京は、しんから寒かった。大きな建物の少かったせいか、北風のおもちゃにされる。しかも、銭湯の湯舟に思い切って一度つかってしまうまでは、手足のひびや霜焼の染みるのが辛くて、生きた心地はない。白装束の寒詣《まいり》や寒念仏に逢うのも、こんな晩であった。

さすがに、湯上りの帰りの気分は上々である。やっぱり湯に入ってよかったと納得するが、家までたった五、六分の道を歩いて行くうちに、片手にさげた手拭が棒のように凍っていた。

六つか七つの頃の、私の記憶である。湯醒めをしないために、家へ帰ると早々塩湯の熱いのを必ず一杯呑まされたのも、よく覚えている。

「寒中」は、一月五日前後にくる「寒の入り」（小寒）から、「寒明け」（節分）までの約三十日間である。厳しい寒さを、人々はそう呼びならわしたが、近年は生活一般が向上し防寒の工夫が向上したので、それほどのことはないという人の方が多いであろう。

しかし、寒さに立ち向って耐える精神力、生活力を養うための好期として、寒稽古をはじめ寒復習《ざらい》、さては寒中水泳から、寒詣《もうで》、寒念仏、寒垢離《ごり》など、（水を浴び、滝に打たれる）宗教的な修練に及び、寒中の大気の清澄さに同化することを希うのは、永くわれわれに受け継がれた心であろうと信じる。

うす壁にづんづと寒が入りにけり　一茶
はなやかに水夕栄えて寒に入る　碧雲居
捨《す》て水の即ち氷る寒に在り　たけし
百姓のゆまるや寒の地《つち》ひびく　三鬼

歳時記から、まず「寒の入り」「寒の内」の句を取り上げてみた。次いで「寒稽古」

渋引きしごと喉《のど》強し寒稽古　虚子
しろじろと月暁《あ》けてをり寒稽古　夏人
師に向ふ喘《あへ》ぎ烈しや寒稽古　韮花
小つづみの血に染まりゆく寒稽古　はん

武道のみでなく、「小つづみ」の句に示されたように、芸道の精進も厳しく行われ「寒声」とか「寒弾《びき》」その他の季題があるが、この「はん」と云う作者は、八十歳にして舞いの美しさを讃えられる武原はん女の旧作かと想像される。

「寒取《どり》」は、相撲の寒稽古だが、

寒取や使ひ走りの老力士　吉麻呂

寒取や手取り〳〵と云はれ老い　白水郎

など、人情にからみ老いの哀れを一句にまとめて、これは人生の寒さを身に沁みさせる。

対照として、寒中水泳の一句から挙げる。

寒泳の少年の服少女が持つ　基一

最近は、年々多くの人が南極の基地で越冬する。世界から選ばれた人々がそれぞれに任務を分担し、世界の果てに生活を行う。

無辺の氷上に越冬生活をするこれらの人々の動静は、われら一般とはまったく消息を絶たれるが、一夜ふと思いを走せると、さまざまな思考が風景が浮び、眠りを忘れる。無智な私は、南極の空に星の光があるものかないものかも分明でないながら、それでも氷上の星を追い、籾殻《もみがら》の枕の音の闇に鳴るのを聴く。

（武道・一九八四年一月）

船と車

三月十三日、青森・函館間の連絡船が廃止された。

その最終便「八甲田丸」は、十三日午後五時十四分に青森桟橋を出航した。夜のテレビ・ニュースで、私はその光景に接した。後部甲板に乗客は溢れんばかり、始動と共に紙吹雪が舞った。

翌十四日朝刊は、さらに詳しく後を追って「午後九時前、函館発の『羊蹄丸』が青森港に灯影を投じ、長い汽笛を吹き鳴らすと、岸壁から『蛍の光』の大合唱が沸き起った」と、報じていた。

北海道旅行は、私も二三度した。いずれも羽田・千歳間の往復で、戦前の北海道を全く知らないことになるが、汽笛を聞いていると、ある感動をおぼえた。

私は東京市神田という町中で明治三十七年に生れたが、少年時代の記憶に、船の汽笛がいくつか残っている。子供ごころに、当時の九段坂は現在の三倍も高い台地に在り、上り切った辺りに石を積み重ねた「常夜燈」が設けられていた。東京湾を航行する船の目標として築かれたもので、簡易燈台とでもいうか。大正初年頃まで富士山の全容が東京中どこからも眺められ、両国の川開きなどは、市内電車の中からでも見えた。

東京湾を航行する船の霧笛は、曇った夜ほど遠々と聞えた。高い建物はせいぜい三階止り、学校や病院に限られていたから、毎日正午を報じるための午砲《ドン》なども、雲行き次第で四方に響き渡り、市民を驚かせるような日もあった。

私の妻は、七十年前函館から東京に移ってきた。なにかその当時の思い出があるだろうと思って、その夜夜食の折りたずねてみた。

「それが、七つの時ですから、まるきり駄目」

「いくら駄目でも、なにかあるだろう」

「最後の夜の連絡船に乗った時、臥牛山って大きな山が、向うの方に、黒々坐っていましたっけ、それだけ」

そんなところから、少し昔話が解けた。

一面の積雪の中、家のまん前に舟だま神社が鎮座していた。十能（炭火を運ぶ器具）の、とてつもなく大きなのが、境内の仮小屋に飾ってあったという。炭坑の守り神かも知れない。家は二十間坂の上に在ったので、吹雪の夜が多く、夜通し風が鳴っていた。二十間坂の下の町が、大火事になったのも覚えている。歯の根が合わず、カタカタいつまでも鳴り続けた。

「大沼公園のブランコから落ちて、額あたりから血がたれて、もちろん春になってからよ。湯ノ川温泉というところへも連れて行ってもらいました。どこもかしこも鈴蘭がいっぱい、花の上でなければ、歩けないほど咲いていたわ」

妻には兄弟がたくさんいた。兄が二人故人になって、一人しか残っていないが、姉は三人とも健在である。

「西荻の姉さんに、電話してごらんよ。この時間なら退屈して困っているかも知れない。君の忘れている函館を、覚えているよ、きっとね」

食事の後片付けにかかった妻に、私はそういって、仕事部屋に引込んだ。私達老夫婦は、金婚式だといって、この市から昨年金一封を授与された。金一封には、昔東京で「梅ぼし」と呼んだ赤と黄の飴玉も添えられてあった。

私はメモ帖を開いた。これは、仕事に関連してペンを持つのではなく、記憶したつもりで、端から忘れてしまう約束事などをメモして、心を安んじるためのものだ。妙なもので、今日の出来事を記そうとすると、どれもみなメモなどする必要のない雑事ばかりだった。

ドアが半分ほど明いて、妻が顔をのぞけた。

「だめだめ、姉さんはみんなと最後に函館を出る時、船に酔ってひどい眼にあって、何一つ覚えていないそうよ」

「浪の音が、聞えるようだね。いいよ、いいよ。姉さんばかりじゃあない。姉さんも君もおれも、みんな、忘れるように出来ているんだ」

と、雑記帖の上にペンをころがした。

その晩寐つきの悪いまま、床の中で北海道の風物を点々と追ってみた。小樽の風景が、もっとも淋しかった。堀割が何本かあり、橋を渡ると港が開け、血を流したような赤錆だらけの船が、点々ともやっていた。戦後六七年前のことか。

次第に記憶が混濁して、北海道の中に関釜連絡船が絡んでくる。私はスタンドを消した。

下関駅に附属する連絡船乗り場は、昭和十四年から同十九年の間に数回往復したので、釜山港と共に印象は濃かった。下関は青森と同様本州の終着駅だし、満洲朝鮮につながるから、いつも乗降客の数が多く身に着けたものなども雑然としていた。改札口も数個所にあった気がする。改札口の内外に四五人の人だかりがいくつも出来、不安そうに相談しているーとかたまりがあるかと思うと、私服の警官らしい男に容赦なく連行される者も幾組となくあった。朝鮮人だなと、すぐ分る人達があちこちで眼につき、大きな風呂敷包みを背負直して、私服の後に続いてどこかに消えていく。物陰に眼を向けると、そこかしこに私服や憲兵が見張っていた。

なんとも陰惨な雰囲気で、こちらが伏眼になる。釜山の着船場も、下関を知ってしまえば同じようだが、黄色人種同士がなんとなく相手の様子を窺い合う挙動は、東京へ帰るのではなく、これから満洲へ入るという心理が急に表てに出るからだろうかと考えた。

駅の傍に、古い日本宿がある。そこ一軒らしいので入ると、帳場に小ぶとりの番頭らしいのが、帳面を前に坐っている。駅員に宿屋の在りかを聞いたりしているうちに、船から降りた客の一番後になった。釜山駅の夜は、暗くて重かった。

私の回想は、そこで爪づいた。これは初めて釜山の土を踏んだ時ではない。何度目かに内地へ帰る時のことだと思い直した。初めて泊る旅人宿へ、こんなにいそいそした気持で跳び込む訳はないと、確信のようなものが急に胸にきた。

そうだ、昭和十四年に行った時は、雑誌記者「満洲国視察団」という団体旅行だったから、軍の飛行機に便乗したかも知れないと、その方が確かな気になってきた。

五十年前の旅人宿の帳場に、電灯がともっていた。私は満鉄の終列車で新京から釜山駅に着き、改札口で宿屋の所在をただした。明日の朝歩いて波止場まで行き船に乗れば内地へ着くと小躍りをこらえて、宿の番頭に声をかけていた。それに違いないと、追想をつづけた。

その頃、金語楼という人気のある噺家がいた。その顔色を悪くすれば、そっくりこの番頭だった。帳面からむくんだ顔を上げて、「満員です」と、無愛想に云った。それがまた金語楼に似ていた。

「長距離電話で、予約が取ってある」

「さあ、聞いてませんね」

その時、大きなカバンを下げた中年者が、あわてて私の脇に現れて、「おれも予約をしてある」と、灯の下に立った。金語楼は土間に彳《たたず》んだ二人を、上から下に物色して、「相部屋ですよ、よござんすか」と捨てぜりふになった。「相部屋であろうとなかろうと、一番の船に乗れりゃあいいんだ」

二人ともカバンを下げたまま、帳場に上った。番頭について奥へ通ると、すぐそこがガランとした座敷で、蒲団が三組敷かれ、浴衣に着換えた男が三人、タバコを吸ったり、カバンの中を点検したりしていた。

「いま、蒲団を運んで来ますから、そこんところへ二人分敷かせて下さい」

「へええ、ここへもう二人分か」

「あんた達は、この用紙へ、本籍と現住所、職業、勤め先を詳しく書いといて下さい」

番頭は一切返事なしでそう云うと、姿を消した。

そんな訳で、五人共眠れるものではない。すぐそこらしい船着き場で、多勢の人足が陸上げする掛声と、貨物を放り出す地響きに夜中悩まされているうちに、どうやら夜明けの気配がしてきた。その頃から、五人はポツポツ会話を交わす余裕を持った。私の他はみんな中老の商人で、商売上の話ばかりであった。満洲にはまだ、探し方に依って物資は充分にあるという結論だった。私は緊張が解けて、それから極く短時間眠りに落ち、隣りの相客に起されたのもはっきり覚えていた。

——そうだ、あれは初めての釜山ではないと、胸のしこりが下りた。戸外で夜明かしなどをしていたら、たちまち拘引されていたろう。

翌朝私は、仕事部屋で当時の古いメモをひろげた。

昭和十四年十月、同十六年六月、同十七年十月、同十八年には六月、十月の二度、東京と新京間を空路往復している。十月の往路は、ある人の紹介で軍の航空機に便乗して、新京まで一気に飛ぶことが出来た。十月という季節に依って、私が朝鮮上空から見た唐辛子の大収穫は、この時に違いないと思った。朝鮮半島のどの辺りかなどということは、一切私には分明ではないが、機窓に預けた私の眼に、鮮烈な「赤」の絨緞が滑り込んできた。私はそれを、一気に呑んだ、余さじとして呑み、たちまち「赤」は尽きた。その間何秒間、経過していたろうか。

「朝鮮だぞ、唐辛子だぞ」と、私は繰返していた。私を乗せた軍用機は、一瞬赤い絨緞に影を置き、たちまち鴨緑江上をよぎって北上したであろうが、あれだけの唐辛子は、広大な畑にぎっしり実っていたのか、刈上げて乾してあったのか、お伽噺の謎のようなものにふくらんできた。

その当時私は、勤め先の会社の計画に専心していた。満洲に新たに出版会社を創立しようというのだが、出版は満洲では国の直轄事業になっていたから、なにもかも役人相手の折衝に俟たなければならず、忍耐第一の日々であった。

冬場の満洲は、毛皮の帽子毛皮の外套を着しながら、宿舎を出て直接官庁へは行けず、途中の喫茶店で一度暖を取直し、それから目的地に赴くのが例であった。厳寒のためにそういう暇を予定しなければならぬのは、役人との折衝ともよく似ていた。まずA官に会い、さらにB官C官に面接を求めなければ、一件として連絡されなかった。単身赴任の身の上で、鬱憤はたまるばかりだった。私達は、夜は必ず何を措いても飲酒した。ちょうどよく、男ばかりで経営する「八丁」というおでん屋の店を発見した。内地とはちがい、酒も充分、おでんの種も豊富でその上安かった。ただ、満洲事情に精通した友人に、こんこんと注意されたタブーは、飲酒の場ではボスや官僚の批判悪口を特に慎しむこと、翌日にはその本人達に、必ず通報されるからだということであった。

「八丁」には、珍しい仕来たりがあった。古株の客には、各自の箸箱と箸が備えてあって、電話で予約があったりすると、何人分かの席に、その箸箱が「大事なお客」の眼印として並べてある。足かけ五年間よく通ったが、私達は一人もその待遇を受けられずに終った。

私の同僚はすべて、俄かやもめの男性ばかりで、陽気がよくなると、みんな裸足で寮に転がっていた。どれも汚れたきたない足の裏ばかりであった。

満洲も三月末は春めいたが、地下の凍結はゆるまない。地下工事は、四月中旬まで手をつけなかったように覚えている。そういう一日、私は新京の街を歩いていて、たいそう驚愕した。昼食の時刻で、たくましい中国人労務者がたむろしている。何気なくそちらへ眼を向けると、中国人達が大きな握飯を食べている。

それが、よい色をした赤飯の握飯である。急に食慾を感じて、同行者に云った。「おい、満洲は凄いな、見ろ、みんなおこわのお握りを食っている」と。後々も、このことでは私の無智が度々笑いものにされた。握飯は、満洲名物の赤梁《コウリャン》であった。私はそのように、大陸の生活を知らずここに暮していた。このお伽噺の謎は、たちどころに解けてしまった。

足かけ五年、辛棒の仕甲斐があって、私の社は出版社の資格を得、「芸文」という国輯雑誌の委託発行も許されることになった。

十九年十月、内地で正月をさせてくれと同僚達に頼み、満鉄に乗るまではよかったが、南下するに従って少々様子がおかしい。もちろん釜山から連絡船に乗船するつもりが、朝鮮に入る前から車内がざわつき、憲兵や例の私服が荒々しく乗客を扱い出した。これは新京までの帰路は、相当厳しいぞと腹をきめた。

そのうち列車は行先を変更して、清津港へ向う、内地行きの客は連絡船で敦賀着と知らされた。私は数名の憲兵の中で、一番若い少尉さんを選び、名刺と切符を差出して、清津から敦賀の行先変更を申出ると、この青年士官はわが社の発行雑誌の名をなつかしげに呟き、難なく応諾してくれた。満洲の憲兵には簡閲点呼の他、頭を丸坊主にされるなど鍛えられていたので、これは有難かった。

その年の秋季の点呼に「上官に対する敬礼」という問題を提示され、動揺して左手で敬礼を行った。失策に気づいた時は、すでに大失笑の中にいたが、夢中で馳け戻り、直ちに右手でやり直すとたんに、隊長の叱責が飛んできた。私は観念し懲罰を待ったが、大音声は私に向けられたのではなく、今笑った奴はすべて、一歩列外に出よというのであった。この時と同じくらい、青年士官の応諾はうれしかった。

青函連絡船から、下関に思い出を移すと、私は青函地下トンネルの他、下関九州間の海底トンネルをも、いまだに通ったことのないのに気がついた。ずいぶん、世に遅れたものだ。

一生のうち一番遠い所へ出かけたのは、戦中のソ満国境、黒龍江を挟んで、国境添いの町、北の黒河。季節の故か水の枯々とした河向うは露領ブラゴエスチュエンスクを町ごと包んだ森続き、夜間にはその中に点々として灯が点った。トラックで二時間ほどゆられると、内地から来た農民で組織した「義勇隊」が、農作と沿岸警備を兼ねて駐屯する建物が見えた。窓にも入口にも雨戸の代りに締めてあるのは、油障子であった。見学の場所はその他に皆無なので、朝晩冬枯れの黒龍江とブラゴエの森を眺めて二晩位泊ったが、そのうちこの河を、人間が渡ることはなぜ許されないのかと不思議になった。

戦後には西安・桂林を見学した。中国は北にも南にも、もう一度行ってみたいが、もっと遠い所から迎えが来ても、困らない用意をして置く方が先きかも知れない。

千号という積み重ねを、指を折って数えたり、十二ヵ月で割ってみたりしているうちに、考えることはみな昔のことになってしまった。

（新潮―創刊一〇〇〇号記念号―・一九八八年五月）

土俵上の笑顔

今年の五月場所、優勝者は千代の富士か若乃花か、相撲協会とNHKテレビのおもわく通り十五日目まで持ち越しとなり、しかも小結の朝汐がこの日十三勝二敗と決勝資格の白星を重ね、三ツ巴の決戦という鳴りもの入りの大勝負となり、千秋楽吉例の「これより三役」の取組に向って煮詰って行った。

朝汐は、当日の相手若の富士に相撲をさせず、三日目から棒の十三連勝、後は支度部屋にくつろいで、今場所最後の一番の決着を静かに待つのみである。朝汐は勢いに乗っている、相手が千代でも若乃花でも、もしかするとと誰にも思わせた。

千秋楽の吉例「これより三役」などという仕来りも、この頃のファンは別に気には留めない。ただ、決勝を最終の大一番まで持ち込んでの一番一番に、熱気は次第に盛り上って、さて隆の里対出羽の花と、大関、関脇の対戦を呼び出しが高々と告げる。両者とも、今場所の働き手である。大関の充実振りは当然としても、出羽の花の進境は眼をみはるものがあり、北の湖、若乃花を倒して前日すでに十一勝を手中にしているところから、ついでに隆の里も食ってしまうかという予想も有力であったらしいが、私は実は、この日の隆の里には少々分が悪かろうと踏んでいた。出羽は好きな相撲の一人である。闘志を表てにあらわさず、さっぱりした取り口だから、われら素人眼には淡白な勝負に終りはしないかという心配があった。

時間は一杯である。一方の大関、負けるのは大嫌いという面魂《つらだましい》で最後の塩をつかむ。行司が、「待ったなし」の気合をかけ、中に割って入る。その一瞬、出羽が一呼吸、いや半呼吸早く隆の胸を突いて出る。大関これを嫌って「……あわてるな」と云わぬばかりに仕切り線を越えて出た出羽の体を押し戻す。

ここまでは、よく見る立合の図である。

この時、出羽は軽く会釈、同時に「あわててすみません」と云った形で、口もとに笑みをもらした。この微笑、出羽持ち前の癖でもあるか、土俵上何度かその口もとを眼にしている。そのたびに、気が弱いのかなと思わせる表情であった。

ふたたび、行司が割って入る。サッと立上った、と見る間に、隆の里の体は土俵へのめっている。間を置いて、場内のマイクは引落しと伝えたが、はずみというものは怖しいものだ。と同時に、出羽が「時間です」の行司のかけ声もろとも、半呼吸早く立った前回の仕切りが、隆の里の気持をたかぶらせたかと考えてみた。あの立合であわてたのは、実は隆の里だったかも知れない。取り口の淡白さは、逆目と出た訳である。

勝名乗りを受ける時も、懸賞とさがりと、三役の白羽の矢を手に土俵をおりる時も出羽の口もとになんとなく済まなそうな、例の微笑に似た表情が残っていた。

さて、次ぎの一番、千代と若乃花が土俵に上れば、館内に湧き上る大喚声が、わが家の茶の間にまで及んで、夕食の支度に忙しい老妻が「おやまあ、ちょうどいい時」と私の脇に座を定め、「結婚生活に失敗した人と、これから結婚しようとする人の決戦なんですね」と呟く。なるほど、そういう見方もある。

これは、張り切ったお婿さんの方が、断然強く、いよいよお婿さんと、支度部屋でテレビを見物している朝汐との決戦となる。すでに朝汐は、棒に十三勝のほか殊勲敢闘の両賞をも手中にしていたのだから、気分も上々花道を闊歩《かっぽ》して土俵へ向うと察した。が、判らぬものは勝負の吉凶で、声援の唯中気合して双方いさぎよく激突と、わが膂腕のこぶしを握る。そのおのれの動作も、一瞬後に知ったということは、その時千代が朝汐の背を軽く一なでると、朝汐は野球の滑り込みよろしく東土俵に這《は》い、千代の富士は「仕様がねえな」という格好で棒立ちのまま笑っていた。

その笑いを、とっさにアナウンサーは「苦笑い」と描写したが、私は私で「仕様がねえな、こんなはたき込みがきまったんじゃ、満員のお客に悪い」と、大テレにテレているように取った。

とにかく力士は、勝っても負けても土俵上では笑顔を見せないものだが、この決勝の一番と、出羽の花対隆の里の取組で、珍しい見物をさせてもらった。電光石火の引落しと、はたき込みの上に、二つの笑顔の附録がついていた。

（新潮45⁺・一九八二年八月）

畳の上

今年も、梅雨期に入った。

その辺まで寄って来て、ちょっと足ぶみをした形だったが、これは毎年のようにあることで、庭の草とりに精を出したり、散歩もいまのうちにと、毎日近辺をまわって用意をしていた。

古都鎌倉などと自称するが、そらぞらしい限りだ。空地という空地に洋風住宅やマンションが目白押しに建ち並び、自動車、単車が横行する。ここへ引越してきて五十数年、どうやら「終《つい》の栖《すみか》」になるかと線香くさい思いになった矢先、なかなかそうはさせぬと太郎冠者の声を背後に聞いた。土地の値上りとやらの余波が押し寄せ、「向う三軒、両隣り」が、いつ売りに出すか分らぬという世相である。自分達は動かぬつもりでも、隣りが去ればたちまち、新アパートが出現する状況下にある。建築に半年かかるとして、「長寿」「長寿」とおだてておいて、その騒音の中では、ひっそり暮す老人生活の保証など何一つ無い。

夕方三十分四十分の散歩中首をめぐらせると、この春は植物の生長が極めてよく、いずれの山を仰いでも、家々の植込みをのぞいても、近来になく緑が濃く、私の家の南に当る山から、わが家の庭にいたる青葉は深々と茂り、ここへ梅雨が注がれれば、一樹一木それぞれの植物の喜びが直かに感じられる。その中に栖《す》めば、梅雨のうっとうしさなど、ものの数ではない。私の仕事部屋の軒に迫って、大島桜が一本、伸び伸びと枝をのばし、葉桜らしい眺めである。そこから前山まで、一面の茂りが続き、泰山木の白もすすきの細葉も、なが雨を待ち遠しげである。取り越し苦労は老人の常習で、アパートが建てられたらその時のことだと自嘲した。その葉を透かせて、枝だれ桜の幹に射す夕日影が眩しい。

五十年前に亡くした母親のことを、不意に私は思い出していた。なぜそんなところへ思いが転じて行ったたか、強いて云えば私の老衰であろう。その頃母は、私の引越したばかりの鎌倉の家に同居して、退屈してくると東京の私の姉のところへ息抜きに出かけ、一週間もすると戻ってくる生活を繰返し、長兄の嫁と暮した時よりも満足していたようだ。

それが昭和十年三月六日、姉の家に近い病院に入院後、六十四歳で死去した。風邪を引いた後咽喉の具合が悪く、入院一週間後、附添いの私の姉が聞いた診断は、癌腫瘍ということだった。見舞に行くと、病床の小柄な母は、「早く鎌倉へ帰って、焚《た》きたての御飯で、鰹のお刺身が食べたい」と子供めいて云った。もう、何も咽喉を通らずにいたのだが、その頃の私立の病院では手術もならず、死期を待つばかりであった。「もう少し我慢すれば、光ったお刺身が食べられるさ」と、私は応えたが、おそらく母が私に甘えたのは、その時が始めで終りだったろうと切ないものが胸を流れた。

父が大正八年、五十八歳で死去して以来、女手一つで貧乏世帯を切りまわし、一息つく余裕も無かった一生である。この時の入院費用は、姉の連れ合いが全部都合をつけてくれた。前年の昭和九年、私は妻帯したばかり、妻は後々「あの時分は毎月五円ずつ不足して、年二度のボーナスが待ち遠しく、それで支払いをすませた」と語ったことがある。義兄にも妻にも、迷惑をかけ放しであったが、母の貧乏暮しはそんなものではなく、十年近く病床にいてそれ切りになった父を看取り、家計のやりくりを続けて、性格までとげとげしさを帯びた。「何故よその母親のように、やさしく」と、私は幼少の頃から母を観察し続けたが、その刺々しさは、いつの間にか私にも乗り移っていた。不肖という言葉がある。自らの不肖を、私は八十過ぎてからひしひしと感じる。

大島桜に射し込む夕日が、幾重かの葉裏を透かせてゆれる。私は、母と二人でますます幼少時の昼飯を思い出した。七十年昔の、東京の横丁に在った家の様子が浮んでくる。東京市では、毎日正午を知らせるために、午砲を鳴らした。市民はそれを「ドン」と呼んだ。

毎日空砲を一発、高々と空へ撃ち込むのである。大砲の置き場はどこにあったか、梅雨期の曇った日などは、かなり強く四方に反響する。これがドーンと鳴り渡ると同時に、工場の汽笛が遠く近く一斉に共鳴する。母と私が、小さな膳を中に、腹をふくらますだけの箸を使っている。

私はまた、梅雨のしとしと降りしきる横丁から、「蒼朮《そうじゅつ》」という薬を買いにやらされたこともあった。臥《ね》ている父に、母は命じられたのかも知れない。蒼朮は漢方薬で、健胃剤に使われ、「オケラ」という植物の根だそうだが、この場合は、梅雨の湿気を除去するのに用いた。そのような使用法もその頃はあったのだろう。乾燥した蒼朮をもみほぐし、皿小鉢の上で火をつけ、戸棚の中をいぶし、座敷に煙りをこめる。あの頃の「畳」は、足の裏に吸つくほど、いつも湿っぽかった。

七十年前の東京、横丁の母子の生活を思い描いて、それが今日のコンピュータ時代とどう連係するものか、庭を舞う白蝶を眼に追いながら、呆然と時を費していた。

（読売新聞夕刊・一九八七年六月一三日）

五百羅漢

この梅雨の関東一円は、まったく不順な天候であった。北部の山岳地方は雨が降らず、渇水騒ぎまで起ったにもかかわらず、南部は二日降ったと思うと、翌日はカラリと晴れ上る。それでいて、夕方はシャツを着込むほど冷えたりして、風邪を引く人が急に増えた。雨を支配する一部の神々が、怠けて連絡をとらず、どこの家にも洗濯物がひらひらするので、梅雨は一休みかと気をゆるしていると、無鉄砲に伸びた今年竹《ことしだけ》が大ゆれにゆれ、にわかに雨音に包まれる。

机前に坐っていても気が散れるまま、脇に置いた本を取上げる。「ふるさとの旅情」(東京・横浜・鎌倉編)とあるから、なんということなく頁を開くと、上半身だけの坊主頭が、左手に片膝を抱え、右手で鼻の孔《あな》をほじくっている写真が、ヌーッと私の注意をうながす。見たことのある坊さんである。この図を中心に、左右に三枚、すべて石像の坊主だが、一人立ちは鼻くそ坊主だけ、坊主同士で酒らしい徳利をかたむけているし、寝ころがった親方坊主の脛《すね》から腰を、うやうやしく揉んでいるのもある。みんな大きな耳をしている。

「小江戸の繁栄ここに」（狭山・川越）という小見出しに眼を転じた。

「川越は江戸城の北西をまもる位置にあって、徳川幕府の重臣や譜代大名が配置された城下町である。江戸城の別院を移した名刹喜多院には、家康を祀《まつ》る東照宮がおかれ、土蔵づくりの商家が軒を並べ、高くそびえる時の鐘の鐘楼に、『小江戸』と称された繁栄ぶりがしのばれる」

こんな前書きはあったが、この石像が喜多院に在るのか、どこに幾つ在るのかには触れていない。それほど有名なのであろう。

川越には、私も寄ったことがあるので、小江戸らしい町並みや鐘楼の記憶はあるが、五百羅漢には逢えず、後々遊覧案内書で、羅漢のいわれを知った。仏縁に遠い不心得者として、お釈迦さまの高弟にはお眼にかかれなかったものと心残りに思っている。その高弟諸氏の石像写真は大小四枚並んでいるが、人数は七人で、鼻くそ羅漢と共に傑作なのは、右端の横に長い画面の二人であった。左の人物がやや右に上半身を寄せた姿勢を示し、右手の坊主頭はそこにある相手の左の耳に口を近づけ、なにかささやいている。

二人とも石の椅子に掛け、胡座《あぐら》の膝を楽に組んで、横顔の坊主頭がうす笑を浮べ、「ねえ、そうだろう、そういう訳じゃ。そう思わんか」と内証話に引込むのに対し、左の坊主頭は片耳を貸し、「なるほど、うんうん、そうかも知れんなあ」と、もっともらしくうなずき始める、その直前の瞬間を石像に刻んだと思われる。

いずれの坊主も、うすい僧衣を身にまとい、石の全身いたるところに斑《ふ》が生じているのは、この五百羅漢が相当に時代を経たものと感じさせる。喜多院の夜は、他の寺院とは格段に、閑寂を極めるだろうと感心した。

俗人と云うものは、つまらぬことを連想する。二僧が徳利の酒を酌み交す仕草をしげしげ眺めているうちに、若い時分に通った酒場の雰囲気を私は思い出した。素姓の知れた銀座の酒場は、どこも静かなもので、バーテンが棚の洋酒の瓶を取り、カウンターでグラスに注ぐ洋酒の音が、かなり遠いテーブルに居ても、聞えてきたような気がする。それが、酒場の持つ色気に通じるかも知れなかった。

銀座の酒場は、カウンターの作りも一一《いちいち》凝っていた。ある晩私が、トイレに行くと、カウンターの横手のドアが半開きで、そこに古いレインコートを着た中年者が立っていた。「赤坂の六さん」で通る、古い客だったので、「やあ、今晩は」と出合がしらに私は挨拶した。半身カウンターへ入れた六さんは、中のバーテンに会釈してカップを受け、私にも頭を下げた。席に戻って、「あれは、六さんだろう」と番の女に小声で聞いた。女はうなずき、それも小声で「六さん、この頃お店がいけないんですって」と応じた。毎晩きていた人が、それ以来折々裏口から顔を出し、馴染のバーテンに水割りかなにか一杯もらって、こそこそ帰るという話だった。

一番印象に残っているのは、歌舞伎座の二階にあった酒場だ。場内にベルが鳴り渡って、廊下の客が座席に吸込まれる。中幕の幕の上った頃が一番よかった。お囃子の音を遠々と耳にするばかり、ひっそりした廊下から酒場に入る。銀座でも格のある酒場を、何軒か勤め上げ、七十に間もあるまいと思われるバーテンが独りでやっていた。私同様の客が、一人二人とカウンターの前の高椅子に掛けていることもあったが、こんな静かな酒場は他にはなかった。

七月四日から衛星中継が二十四時間放送を流し、小型旅客機が新たに四十空港を計画、日本国中を縦横に飛ぶという。

私もそろそろ石になりたい。

（小説新潮・一九八七年九月）

大銀杏と大石段

今年の梅雨は並々ならぬならず者であった。遠くで光る雷などにはビクともせず、日本中の河川を荒しまわり、それでも気がすまないと、崖を押し崩したりした。人間共には手が出ないのをよいことに、「梅雨明け」という、古くからの約束事を無視して、十日二十日と居据り続けた。気象庁もテレビの天気情報も、トコトン馬鹿にされ、「梅雨時の天気予報というものは、なかなか難しいもので」などと毎日同じ口上を繰返すばかりであった。

六月の末の一夜、庭の小池で蛙が鳴いた。とうとう夏が来たぞと、はしゃいだ気持がわいてきたが、その翌日から急に気温が低下、よほど驚いたと見えて、それ切り蛙のかの字も聞かれなくなった。妙に冷え込んで、うすいスウェターを引っぱり出したりした。つまり、七月中はその連続で、向山に霧が立ちこめるのも珍しいことではなくなってしまった。

そんな調子が七月中旬まで続き、昼のそうめんは今日も熱いのにしてくれ、夜明け前が一番冷える、薄手の毛布はどこに仕舞ってあるなどと問答しているうちに、気象庁は関東地区の「梅雨明け」を宣言した。あれは一体いつ頃の事だったろうと考えるが、信用して聞かなかったせいか、一向記憶にない。世の中が便利になり、坐っていて「天気情報」が聞えてくると、論より証拠こういう事態にもなるのである。

鎌倉うちのことだから、まず由比ヶ浜から片瀬にかけての茶屋茶屋はさぞ困っているだろう、花火大会はどうなるかと、いろいろ気にかかることばかりだったが、私自身に直接関係があるのは、実は鶴岡八幡宮の「ぼんぼり祭り」当夜の天候である。立秋の翌日を「夏越《なごし》」と呼んで、毎年境内で美しい行事がいとなまれる。

ぼんぼりには、氏子連の奉納した詩歌俳句、彩筆をふるった絵画など、用紙は一枚漉《す》きの和紙、灯には一本の蠟燭と純日本風な造りだから、それに一雨くれば無残である。食事をすませて、さあみんなで夕涼みがてら八幡宮へという出端《でばな》をやられたりしたらと、年寄りでなくても、この夜だけは気がかりになる。降り癖のついたところだから、当日は夕暮れまでがとても永く思われるものだ。

まず不思議と云ってよかろうか、今年のその八月八日夜は晴れた。私どもは老夫婦二人である。毎夕百薬の長としてたしなむ一酌を終え、茶を喫してから、「さて、行ってくるよ」と茶の間を立つ。

「どこへ?」

「どこもそこもあるものか。ぼんぼり祭りではないか」

「おやまあ、そうでしたね。もう忘れちゃって」

お婆さんを、ボケなぞとは云うまい。私の気の短さも、間違いなくボケの一種である。

この頃、そういう分別もつくようになったらしい。

通称附属小学校の脇を抜けると、八幡様の裏門まで私の家から、私の足で、六七分あればよい。武道館前の闇を過ぎると、若宮神社の石の鳥居から、明るい灯色が射している。つまり、その鳥居をくぐると、左右両側のぼんぼりが、白い明るい灯を拝殿まで連ねているのだった。それこそが、夏越祭りの明るさなのだ。

大銀杏のそびえ立つ正面の石段は、私にはきつ過ぎるので、右手の三倍もゆるい石段を選ぶ。途中二三度一息入れるたびに、人声とも足音ともつかぬ気配が聞えてくる。夏越祭りの宵の新涼にふさわしい、三々伍々の人出の、さわやかな気配である。

先きを急ぐことにする。

なにはともあれ、本殿に柏手《かしわで》を捧げ、仁王門を引返して、石畳続きの正面の石段上で、さて諸氏趣向のぼんぼりを拝見しようと左右を見下す。境内のうっそうたる木立が夜眼にも黒く、段かずらの並木につながる。正面大石段はいったい何十段あるか、あの高所から眺め下すのだから、一瞬私は視力を奪われた。足下の万燈、境内のぼんぼりの灯ではない。段かずらが尽きた辺りから、色さまざまな宝玉が、数限りなく撒きちらされている。鮮やかな町の灯が海まで、大島の沖までかと思うほど。

ある人が云った。そんなに高い所が珍しいなら、東京へ来給え。大雨が降ろうが台風が来ようが、僕の十八階の新しいオフィスに来給え、窓から素晴らしい宝石箱を見せると。

鎌倉新三十六景には、秋の夜風と海の香と、君の肩に染みる夜霧の清涼と、鎌倉にしかないやさしい山並がある。君の乾いた唇を、自然の霊気に湿めし給え。たちまち君の感覚は甦る、それが、この「三十六鎌倉新景」なのだと私は応じる。京浜を間近にしたわが鎌倉は、戦禍をまぬがれた稀少な都市である。それから半世紀、史跡を守り続けた町は、いまやはなばなしく新粧、新古典派都市として転進したのである。

（かまくら春秋―続・鎌倉新三十六景―・一九八八年一〇月）

鎌倉へ引越して来ないかと、直接私を誘ってくれたのは、友人の今日出海であった。もう五十年前のことだった。今君はなにげなく云ったに違いないが、これは名案かも知れぬと思うようになった。私はお袋と二人で東京麻布に借家住いをし、その年の暮には妻帯して三人暮しをはじめ、文藝春秋に通勤していた。

　三人暮しが、三人顔を合わせている時は割りに無事だが、一人欠けると女同士気づまりなことが生じるらしく、そういう女同士の気分も私が一番先きに感じるようになった。私は兄に逢って、家の中の様子を話し、合わせて鎌倉へ移転の意向を打明けた。兄は母の気性をすぐ察してくれて、母を東京の兄の家へ、しばらく預かろうと云ってくれた。このことがきまれば、あとは簡単であった。お袋には済まぬほど、鎌倉引越ははかどり、私達夫婦は気楽に引越しを済ませた。

　それが、大塔宮前の二階付きの貸家であった。大塔宮では、早朝と夕暮れに太鼓を打って時を知らせる仕来たりであった。号鼓と云うのだそうで、朝夕空気に乗り太鼓の皮をビーンビーンと鳴らせてくれた。清潔でなかなか気分がよかった。

私達は、お袋を邪魔にしたのではなかった。われわれの生活らしいものが固まるまで、しばらく若い者に任せてもらうつもりだった。しかしこれは、若い者の方の、勝手なところも随分含まれていて、無理だったかなと思い直すことも生じた。東京には兄二人と姉が一人いた。その三人が私の無鉄砲さを庇ってくれた。お袋はこの三人の家を順々にまわって歩き、うさを晴した。兄達がそんな方法を考えてくれたのだ。いまでもそのことは恩に着ている。

大塔宮のバス停は山寄りの終点でもあり、そこで折り返す本数も多かった。大塔宮の周りは、かなりの巾の石溝が流れていて、夕闇時には川下からうなぎ釣りの老人が上ってくる。腰に竹籠をさげ提灯をさげて、短い釣竿を石垣の穴にさし込む。四五日もすればまた姿をあらわすから釣果はあるのであろう。

夕刻バスを下りて、私はこの小川で、蛍のとび交うのを見つけた。東京育ちの私は昂奮気味で我が家にかけ込み、妻にこのことを告げた。以来五十数年、現在の雪ノ下の家まで鎌倉の山寄りにばかり住んでいる。家数にすると五軒か六軒か。そのうちその歴史を書いてみようと思っている。

今年は二番目の娘も大塔宮の横手に住むようになり、その家の前の小川で、蛍の舞うのを発見した。戦後絶えてしまった蛍をである。

お袋は昭和十年に東京大塚の木村病院で病没した。六十四歳であった。

（今年は長患で、春も夏もなく過し、方々に御迷惑をかけた。この小文もヨタヨタである）


（第三十二回鎌倉薪能パンフレット・一九九〇年九月）

吊りしのぶ

七月と聞くと、海の匂いがしてくる。

気分の話ではない。ほんとうに潮風の匂ってくる日がある。

私の住んでいる家のすぐ前に、百二三十メートルの小山が見える。鎌倉という土地は、どこへ行ってもこういう小山に囲まれて人家があり、一つの山続きが尽きると、隣りの山続きにつながる路が開け、そこにも寺があったり、社のかたわらに人家が散在する。大昔からそういう町で谷戸《やと》と呼んでいる。

どの山でもよい、鶴岡八幡宮の石段でもよい、その頂上に登って南方をのぞむと、海がひろがっている。いうまでもなく相模湾の一角だから、その日の風向き次第で、海の匂うのは不思議ではない訳だ。この頃はめったに東京へは出ないが、もう五六年前銀座通りを歩いていて、海の香を感じたことがあった。好天の真昼時で、店々の新調した青と白の縞模様の日除けがまぶしかった。私は東京育ちだから、それだけのことが実に新鮮で、じかに七月に触れたような感じがあった。

銀座と東京湾とは目と鼻の間だから、微風が海の香をはこんできても話の種にはなるまいが、もよりのフルーツパーラーの二階に上って、冷たいものをもらい、私はふるさとに帰った気分を味わった。一本のストローと一老人の後姿を、ふと自らの眼に思い浮べたことだった。

この四月の末、花時もようやく過ぎた頃、隅田川の河口辺りの中州に都民の憩いの場所を造るというテレビ・ニュースを見た。その工事の進んでいる中で、昨秋放流したハゼがこんなに大きくなったと、係員が掌の上に、五センチほどの稚魚をのせてみせた。都民のために、ハゼの釣り場を設けようという試みであった。

たちまち、わが少年の日が思い出されて来た。竿一本肩に、神田から芝浦までいった。

これは相当な道のりだし、カンカン照りの日だとすれば、兄貴に連れられて市電で行ったものだろう。この格好では、車掌にすみませんと一言頭を下げる附添いが必要だ。私の兄貴は、後年有楽町の裏駅のまん前に釣道具屋を開店したほどの釣り好きだから、夏休みの弟を連れて、その位の労は惜しまなかったに違いない。七十年前の芝浦はまだ、埋立て工事の最中だった。なににせよ関東大震災前のことだから、その日の魚果についても芝浦の海の模様についても、記憶らしいものはなく、わずかに掘起した土砂とか転げて乾いた石の塊りだとかが、おぼろげに昔を偲ぶのみである。

だが、少年時の記憶というものは、心の底に意外に深く残っているもので、同じく少年時のハゼ釣りを恋しがる菊池寛氏を案内して、茨城県の涸沼《ひぬま》まで行ったことが二十代にあったし、五十代に入ってからは、銀座にほど近い浜松町の掘割添いの船宿から出て、東京湾のハゼを毎年釣り、桑名に泊って揖斐川の河口に宿屋の庭から舟を出したり、ここが大工業地帯に化して魚影を失ってからは、松島湾まで毎秋遠出して、ホテルから舟を出すようなことも繰返した。ハゼ特有の当りを待ちながら、四方の丘の景色、人間の営みを舟の中から眺める雰囲気が、いまもなお忘れがたいものになっている。

鎌倉の庭の外を、東から西に滑川という細い流れが一本、由比ヶ浜まで通っている。その川口の石垣の下で、五尾か十尾のハゼを釣って楽しんだのを久々に思い出した。この秋には、散歩の足を伸ばして、海岸橋まで行き、滑川の細い流れに、生気の戻った気配があるかどうか、橋上から三十年振りに眺めてみたいと思っている。

歳時記に、「水中に石段ひたり鯊《はぜ》の汐　桂信子」という句があった。

（電通共済生協いきいきネット・一九八八年七月）

鼻の先

当日は「立秋」ということだったが、九州四国辺りの沖合に居据った台風のおかげで、夜半から時化《しけ》気味、雨戸へ叩きつける勢いの雨が、間を置いては午後まで降り続けた。もっとも、関東一帯にとっては二十日振りのお湿りだから、大歓迎であった。

懇意な医師に依頼して、注射を打ってもらうのが日課になっている。朝食後、傘をさして横丁の奥から出かけた。横丁を約二十メートル抜けると、バス通りへ出る。そこから医院まで六分足らず、細い舗道を歩かねばならない。

バス通りに面した角へ、大男が二三人バラバラと現れた。ちょっとびっくりしたが、聞えてきたオルゴールの音色と、横丁の角に位する家の塀に片寄せて、黄色や青の袋が山なりに積まれたのを認めると、塵埃車が来たのだとすぐ判った。三人の力持ちが早速袋を車に放り込む。その脇を私はすり抜けて舗道に逃れた。こういう時、開げた傘は不便な持物であった。五六歩跳んでから呼吸をしたが、私を追ってきた異臭はしつように、私の鼻を離れはしなかった。

この町の人口は十七八万か、東京から電車で一時間、観光都市と呼ばれているが、数年前から塵埃車はオルゴールを鳴らし、それを合図に町々の不用物を集めて活躍する。一週間のうち何曜日は廃品類、何曜日は生ゴミと定めて廻ってくる仕組みは、他の町と同様だが、横丁の奥に住んでいる私どものような市民は、流れてくる優雅なオルゴールをはじめて聞いた時は、これは一体何の宣伝班かと聞き耳を立てたものだった。「竹竿」売りや「産地直売」の林檎のマイクは、必ず横丁の奥まで入って大声を上げたし、「可愛いい可愛いい、さかな屋さん」の童謡テープは、老夫婦二人切りの生活でも、何を売りに来たかすぐ理解がいくのに、オルゴールは見当がつきかねた。

それが塵埃車のコールサインと知った折りは、さすが観光都市だね、市役所には気の利いた人がいると、私は家人相手に讃辞を述べた。他所から来た客に、少しでも不快な気分を与えまいと気を遣っているところは大したものだともつけ加えたが、その翌朝同時刻にのんびりしたテンポのオルゴールが流れてくると、私は「待てよ」と思った。

私は明治の東京の横丁に生れ、三十歳まで東京の横丁で暮した。その頃つまり関東大震災までの東京の横丁には、あらゆる商売人が出入りした。魚屋八百屋はもとより、煮豆屋も屑屋も甘酒屋も団子屋も、むしろ入って来なかった物売りの名を挙げる方が難かしい。だから、八百屋と云えば沢庵のにおい、団子屋といえばきな粉のにおい、甘酒といえば甘ずっぱい味、豆腐屋は油揚げの香と、現在でもすぐ即物的な記憶がよみがえってくる。

そこで私が心配したことは、この市で育った子供達は、将来オルゴールの音色を聞く度びに、生ゴミの臭気を連想するようなことにならねばよいがという老人らしい杞憂であった。またサーカスのような所で動物を訓練するには、好きな匂いと嫌いな臭いを使い分けるという話も思い出した。教え込んだ芸当を素直に演技した場合は、彼らの好きな匂いのものを与え、柔順でない場合には嫌いな臭いのものを押しつけるという式の教育方法であるが、現代の子供達は頭がよいから、生長後生ゴミの臭気などを連想する愚かな真似はしまいと云うのが最後に私の達した結論であった。

医院では、注射の患者は簡単だから、順番を待たずにやってくれる。五分後には、私は帰路につき、傘は使わずに小雨に濡れながら歩いた。横丁の角もすっかり片付き、ゴミ袋の跡は雨に洗い流されていた。その時私の頭にあったのは、「市中《まち》はものの匂ひや夏の月」という江戸中期の俳句であった。「芭蕉ではない筈だが、門人の句だとすると」と、家の入口まで思案し続けたので、ついでのことにすぐ歳時記を手にして、凡兆の作と知った。凡兆先生は京都で医業を営むというから、この夏の月はまず京の月、「ものの匂ひ」の文字を用いたのを見ても、生れた土地を自賛した句だろうかと思われ、家人のさし出したタオルで顔を拭った。

云い落すところだったが、凡兆先生とは異り、私は生来奇妙に臭気に鼻が利く。よい匂い、芳香には鈍いが、嫌やな臭いには敏感で、しばしば家人を困らせる。さらにもう一つ肝心なことは、臭気に対しては何かと口やかましいが、己れの身辺に着きまとう老臭には鈍感そのものである。これをこそ身勝手、ボケの骨頂と申すべきであろう。さすがに老来反省を重ねて、毎日二回朝夕入浴する習慣を体得した。

朝夕煮たきの度びに、においが家に籠ると、ほうろくで番茶を焦がし、煙の立つまま家の隅々をまわって歩く。茶の香りはとても役に立つが、その時の私の格好は狂気染みて、他人には見せられない。

（現代・一九八五年一〇月）

障　子

八月の初旬頃か、庭のすすきが一斉に穂を出した。三株ぐらい勝手気ままに伸びたので、一株残して他は刈取ってしまった。南向きに百二三十メートルの小山があり、庭は日当りがよい。その山の裾は杉木立で、端に沿って小川が流れ、その対岸が私達の庭になる。両隣りの家は、私の家より倍も広い。

十年前のこと、杉木立が切払われて、みるみる家が立った。狭い土地だと思っていたが、川沿いに二列に並んで十数戸の家並みになった。この頃の建築は、一軒一軒まことに個性的である。まず屋根の色からして、隣りが青なら、こちらは赤と云う風に鮮やかさを競う。それへ日が直射するから、これは困ったことになった。

どうするという知恵も浮ばぬまま、たいざんぼく、もくせい、とち、しだれざくらなどの若木を、川岸に近く植え足した。赤い屋根青い屋根はすべて二階家である。われながら気の長い話であった。

子供達の騒ぎが、筒抜けに伝わり、中学生のマンドリンが山に反響したり、花火の音が続けさまに鳴って、そうだ夏が来たのだと気がついたりした。そのうち仮り橋が架け代えられて、自動車が通るような変りようだった。

それからまた十年、庭の栗の木と枇杷の大きな木が枯れ、柿だけは残った。好きな所へ嫁いだ娘二人には孫が五人生れ、すでにその中の三人は自活している。植え込んだ若木も、たいざんぼくが音頭取りでぐんぐん伸び、いまや川向うの家の屋根は、私の家の階下からはほぼ完全に見えなくなった。

なにごとも、辛抱辛抱という前置きである。

私達が、東京から鎌倉へ引越してきたのは、五十年前である。その頃はまだ鎌倉町で、人口は二万に足りなかったかと思う。夏場せいぜい三月ほどは、海水浴の客で海岸は賑わうが、箱庭のように小ぢんまりした小さな町であった。「海水浴」も「箱庭」も廃語同然、若い人には通じないかも知れない。駅から何本か、バスは運行されていたが、長谷の大仏、観世音、北鎌倉の建長、円覚寺行きには、乗合馬車がポカポカ蹄の音をさせて通っていた。手を上げて合図をすると、バスはどこでも停ってくれたものであった。家の縁先きにいると、庭の生垣の外を馬車が通り、馭者の上半身だけが右から左へ去って行くのが見えたりした。横須賀線の改札口では、「やあ、今日は」と声をかければ、どんどん通してくれた。山寄りばかり、私達は五度転居して、現在の家は今年で三十数年住んでいることになる。鎌倉は先年の戦争にも焼けずに済んだ上、東京へ一時間という近さなので、それから急に転入する人が増えた。

百メートルという手頃の小山が、屏風つなぎになった地勢だから、ブルドーザを何回か使えばどうにでも崩せる。崩して置いてアパート、マンション、ビルディングと造成され、またたく間に変貌して行った。五六年前までは、建長円覚で修行する若い禅僧が数人、組になって町へ托鉢に廻ってきた。まんじゅう笠にわらじ履きという僧形はちょっと風情ある眺めだったが、この頃は御無沙汰が続いている。考えてみると、マンションやアパートをノックしていては托鉢にはなるまいなと納得した。

この夏から秋にかけての長雨には、身の置場のない思いをした。昼は仕事部屋に籠って、庭を眺めていた。

一昔前終戦後のことだが、近親の老人が脳出血の予後、行き先がないままわが家に転がり込んできた。平素の起居には事を欠かぬが、老人は極端に無口になり終日座敷の一と所に坐っていた。広い家ではない、玄関の一間を入れて四部屋という手狭さに、妻と二人の幼い娘が共に暮す上、私は玄関の土間を工夫して、出入口の引戸に錠を下し、そこへ机を置くという状態だったから、一息入れに居間に通ると、老人が朝から同じ居場所に坐っているのは直ぐ分る。見兼ねて、たまには散歩をしてみてはどうだ、歩けるなら八幡宮はすぐそこだから、外の空気を吸っておいでと勧めると、こちらの云うことは判断がつき、時間をかけて縁先きから出て行く。一切返事なしの行為だから、私の方におぼつかなさは残り、その辺まで妻を背後に付かせる。食事の時、前後もなく笑い出したり、大粒の涙をこぼし、咽喉がつかえて口中のものを卓に吐き散らしたりした。笑うのでも泣くのでもなく、生理的な発作であった。戦後私は原稿生活に入ったばかり、家のことは妻に委せきりで始終済まぬとは思っていたが、病人と血につながる者としては、もっと異う心苦しさも絶えず身にまとっていた。

手狭な家の出来事は、いつの間にか外へ洩れてしまうものだが、私の場合はそれが幸運を呼ぶ結果になった。近所に市役所へ勤める人があって、この人の口添えで横須賀の施設に、戦争罹災者として入院の手続きを取ってくれた。こんな浮世離れした老人が、施設へ見舞った親戚の者に、あの家では碌なものは食べさせなかったと述懐したと後々聞いた。他人同士なら、こんな話にはならなかったかも知れないと、長雨の中に戦後の生活を私は回想した。現在の私は、その老人より十歳年長である。

この九月二十四日のメモに、「九月に入って晴れの日は、十三、十四日の両日のみ」と記してある。戦後の暗い記憶などを思い出したのも、記録的な長雨の影響である。なお「敬老の日」のメモには、

「九月十六日、台風は関東一帯を外れたらしい。こんな有難いことはない。昨十五日は敬老の日、雨戸は大方閉ざして、市が配ってくれた『うめぼし』飴をしゃぶっている。この日はいつも、誰かしら老夫婦を訪ねてくれたものだが本日は就床まで完全に夫婦のみ、よりによってこの日、老人の自殺相次ぐと新聞は告げる。その果敢を賞嘆す」

夏枯れという言葉があるが、庭の芝と共に雑草がはびこり、さすがに居堪まれぬ心地で、草刈女を頼む。この頃は、そういう働きをする人をたのむのに一番苦労する。うまい具合に晴れて二日目の夕方、縁先きに下りて見ると、五六年かけて地に着くほど伸ばした枝垂れ桜の枝々が、全く切り払ってあった。万事休す、草を刈るのに邪魔だから、遠慮なく鋏を使ったのだ、いまはなにを云い立てることもない。桜は裾を高々と端折り、途方にくれた恰好で立っていた。

庭の芒の穂が、十数本日増しに白くなる。芒という字は「国字」かも知れぬと思う。日本人の感覚を、そのまま文字の型にはめたように思えるからだ。

秋風に吹かれると、芒は化ける。そよ風には、ちょっとお訊ねしますと人間が路を聞く形になり、もう行く先もありませんけどと、頼りなげな仕草を見せる。幽霊の型は、逆に役者が発見したかも知れない。雨風に折られた穂は、白鷺かなにか、野鳥がひそむと見違えそうだ。終日部屋に籠って見るとなく眼を向けているうちに、私自身が芒の仲間になってきた。

国語辞典には「薄」に次いで「薄の丸」の一項がある。「薄を輪にして、穂と葉を内に容れた紋所」つまり一族の家紋と云う訳だが、こんな弱々しい図柄を、晴着に染めたものかと奇異に感じた。もっとも、「梨の切り口」と名づけて、梨を真二つに切断した図もあり、私の家はその一種「ナガイ梨ノ切リ口」を紋所とし、梨の実よりも長めの西洋梨めいた切断面を用いている。これも家紋としてはかぼそい。先人には、こうした自然感を好むところがあったのか。

そしてある日、芒の葉蔭に不思議なものを見付けた。何か得体の知れぬものが、一列に行列を作っている。高させいぜい十二三センチの枯枝に似たものが並んでいる。傘をさして、そこへ行ってみた。植物にはちがいないが、枝も葉もなく、茎のてっぺんに花らしいものが地へ向いて開き、気軽には手を触れがたい雰囲気がただよう。

あとは略記するが、植物に凝っている知人に調べてもらったところ、「南蛮煙管」（ナンバン・キセル）という、ススキに寄生する一年草。八月から十月にかけて、淡紅紫色の筒形の花が、あちこちを向いて咲く。花の形がタバコのパイプに似ているとてこの名がついた。またススキの陰に首をかしげて咲くので、「思い草」ともいわれ、「万葉集」に詠まれている。俳句の季にもあり、

曇 日 や 花 開 か ず に 思 ひ 草　芙美子

と、例句も載っていた。以上は、植物図鑑から知人が転写した解説である。別の解説書には、「マッカーサーのくわえていたコーンパイプにも似て」とあり、「一年草なので、毎年細かい種子が、ススキの根のそばに落ちる必要がある」と、附記したものもあった。

しかし、私のうけた印象は、極めて不吉だった。葉も枝もなく花をのみ咲かせるところは「彼岸花」と同様で、彼岸花は昔から不吉な植物として嫌う人が多かった。この花の同種には純白なものもあり、それはそれで美しさがある。私が「南蛮キセル」をうす気味悪く感じるのは、芒に寄生する習性に因があるようだ。私がこれを発見した時は、「思い草」はすでに枯れ落ちるばかり、見るかげもない姿だった。数日して来客を案内した時は、キセルの行列はさらに芒の株に接近して発生し、株の内部にもマッカーサーのパイプを四五本咲かせていた。

三十数年この家に住み、今年はじめてこの花を知り、もう十二月も遠くはないが、歳末の身辺に変事など起らぬようにと縁起をかつぐ気になった。逼塞生活（せまり塞がる事。落ぶれて、姿を忍び隠すこと。「新潮国語辞典」）、わが生活そのものの縮図である。

春から心がけて、四五十分の散歩を日課にしたが、これも雨に災いされた。運動不足の日が続き、寐付きが悪く、薬を用いても深更三時には眼を覚す。覚すと同時に雨音を聞き定める。老残の未明時は、三途の川を行くより辛かろうか。自身の旧事悪徳に触れるのは、最も忌まねばならない。指を折り二時間しか眠っていないと焦る。雨中に痩犬が徘徊している。宿無し犬に相違ない。細い路次を、往ったり来たりして、何かをしきりに探し求めている。私は床中に反転し、反転し続ける。

枕もとの、紐を引く。親子電球の小さい球が点いた。まぶたの内に残像がひろがり、私の追う犬はもう出てこない。この間に眠るのだ、急げと焦る。ガラスの鉢の中に、生残りの金魚が一尾、すでに浮力を失いながら、水面に近く浮び、時には喘ぐ。黒い金魚の残像は、残像につながり、私は仮眠の流れに入る。

雨はこうして、十月初旬まで続いた。

十月五日、親切な医師と数名の知人のすすめで、私達は横浜の病院へ行った。C・Tスキャンと云う、レントゲンで脳部の診断を受けるためであった。この日も雨降りだったが、妻とその長姉、私ともども大過なく、妻の両膝の失調だけは今後の医療に俟つと云うことだった。足の萎えは私にもある。夫婦相和したのである。

鉦たたきが、宵に鳴きはじめた。

芒はいよいよ白髪に似て、呆けるにまかせ放題だった。おもしろく見たのは、雀に好奇心があることだった。飛んできて、いったん冬木に止って辺りをうかがい、この芒の花茎に移る。芒に余力はないから、一度に撓んで地に伏しそうになる。その時雀は、声をあげて喜ぶ子供さながらに宙に舞って去り、芒はわずかに元の姿勢を保つ。雀らはその遊びをするために、日に何回かここに来るのである。

十月三十一日夜、ラジオ・ニュースをかけた。途中からのことで、詳しい話にはならないが、関東近県には違いない。某所の老夫人が、先祖代々の墓所へ詣うで、墓を掃除している際、隣合った他家の墓石がにわかに倒れ、そのまま老夫人は死亡と伝えた。江戸期の故人名が数行刻まれた古い墓ということで、これも長雨に地盤がゆるんでいたのが、原因ではないかと想像した。老夫人の供養した線香の束が煙り、私はその香の中にいた。

天気予報は、関東一帯に木枯し二号が吹いたと報じ、強い風の中ツグミの一群の渡りを見たと、三十日の朝刊に報じた。ようやく長雨は終ったとみてよかろう。

私の家は、三十年前に建てた古家だから、室を仕切るのは襖と障子と雨戸ばかり、その代り十一月の日ざしが、縁の障子を朝から明るくしてくれる。鎌倉の紅葉は櫨《はぜ》がもっとも美しいが、障子に影を写しては散る、桜の葉も閑《しず》かでよい。

この二年間に、東京へ出たのは二度か三度、鎌倉に籠居しているうちに、とうとう暖炉を用いる日が到来した。枯葉色した雄のかまきりを夕方になると見かける。見ている方の自分は、ミイラの様だと思って、一人で笑う。ふとナフタリンがただよってきた。子供の頃博物館に入ると、必ずこの異臭をかいだものだ。博物館には、動物の剝製が陳列されていた。そこからきたのだと、記憶は遠い日に帰って行った。

人にも逢わないが、たまに来訪した客と一酌したりすると、自分の声の大きさに驚く。人なつこくて、思わず高声になる。気をつけなければならぬと自省した。


（新潮・一九八九年一月）

蔵王の芒

本日は八月十五日、正午直前の天気予報は、蔵王の裾野に芒の穂がなびくと、言葉短く告げた。戦後四十年と云うことで、この日を中心に、テレビその他でさまざまな回顧がなされたが、予報官のさりげない一言が、もっとも素直に私の胸に染みた。

私自身が、穂芒の一本と化して、透明な光りの中でそよいでいるような感覚があった。よく生きてきたと、自らの老いをいたわる気持もあった。

鎌倉界隈は午前中一時曇り、日の光りがふたたびすだれ越しに、真夏の庭を透かし出すと、暑気は一気に上ってきた。家人とオートミールをすすってから、病院行きの支度をした。月に二度鎌倉うちの病院で健康診断をしてもらう日に当っていた。カンカン照りの表通りに出て、帰り車のタクシーを停めた。いつもなら海岸へ出かける車で混雑する町が、今日は一とけた外したような閑かさであった。

私の方から、担当医師に質問するような故障は目下のところなく、診察は簡単に終って薬をもらい、入口の自動ドアが開くまま、私はするすると病院を後にした。もっともその間、「どうだ、今日は八月十五日だ。歩いて帰らないか」「よかろう、歩こう」と自問自答していた。

「なるほど、酷暑と云うものは、舗道が焦げて、熱気を吹き上げるのだな」と、十九歳の折りの関東大震災前後と、四十代で遭遇した終戦前後の経験を幾つか思い起した。家まで、四十分の道程であった。

帰宅怱々、流れる汗をおさめつつ北の縁先きに彳《た》つと、秋海棠《しゅうかいどう》の花を見つけた。この花の紅は、やさしい花柄と共に、いかにも人なつこい。

秋海棠一本ありて雨を愛す　青邨

（家庭と電気・一九八五年九月）

雨と乾パン

乾パンは、代表的な非常用食品である。

ドライ・ビールの缶と同じ位の大きさ、シーチキンやコーンビーフの缶詰類と一しょに、小型のリュックサックに納め、わが家の物置の釘にかけてある。

あとは飲料水だが、これは五六年前から、ミネラル・ウオーターの瓶詰を、一年に九十本ほど井伏さんが届けて下さる。山梨県の発売元からドカンと直送されるので、この方は大船に乗った気分である。

非常用食品に、帽子、手袋、運動靴など、いざという時の身のまわり品が揃うとなんとなく安心する。老夫婦の生活が、これで世間並みになったという気持である。その他準備すべき事柄は種々あるが、最初の三分間を切抜けられれば、後は臨機応変、三分間に生命ごとやられてしまう場合もある。そこまで用心したら切りはないと、若い連中に笑われた。そういうものか、年を取ったものだ、一か八かの覚悟こそ、根本だと云うのだなと、口をつぐむ。

テレビに「天気情報」という時間がある。今年のように天候が不順だと、昼と夕方毎日スイッチを入れることになった。予報官の口癖は、台風や洪水の予告をしてから、「充分ご注意願います」と必ずつけ足すところにある。充分の注意とは、如何に対処することであろうかと、その度ため息になる。この予報係りを「充分居士」と呼び、関東版の女アナには「失礼女史」と名づけた。この人は「失礼します」を、スマートだと誤解しているらしい。

二三年来続いた日課の散歩を、夏の初めから私は止めてしまった。連日の雨に閉じ籠められて、老人の脚力は三月のうちにみるみる衰え、自分の自由にはならなくなった。私だけではなく、家の者は私より二年も早く膝を悪くしたので、玄関に人の気配があると、まず私が「どっこいしょ」と掛け声をして茶の間を立上り、そこへガスや電気のメートル調べが来ると、今度は家の者が掛け声を発して台所へ出向くという具合で、「どっこいしょ、どっこいしょ」は、室内の交通整理上欠かせぬ合図になった。

こういう日の暮れ方、雨音にまじって鐘の音が聞えてくる。私の家は鎌倉の端にあるので、朝夕の鐘声には不自由しないが、雨音まじりに聞くのは多少身に沁みすぎて、一つ体温を計ってみるかと、小引出しをさぐるようなことにもなる。夕刊を卓上にひろげ、体温計を小脇にはさむとたんに、台風続々北上などという見出しが、否応なく眼に入る。習慣的に、茶の間の柱時計を見上げる。暗いけれども、夕飯までには二時間もある。

この時、乾パンのことを思い浮べた。つい先日家の者に、非常用品を備えたと云って、それで安閑としているのは滑稽千万、特に今年のような気候不順の際には、必ず点検して、新製品と換えるべき物は早目に換え、不時の用意をするからこそ火急の役に立つのだと訓辞したのが、頭の隅に残っていたのかも知れない。小降りの間に物置小屋のリュックを南縁まで持出す。乾パンの缶入りは非常時用の他、登山などにも携帯されるらしく、外粧は赤や青やなかなか派手に出来ていた。乾パンと小粒の氷砂糖を加えた図も、美しく缶に印刷され、余白には内容の説明も細々記してあった。

いち早く眼にしたのは「保存期間」で、三年以内に買換えよとあり、家のものは二年前に購入したはずだから、開缶して早速舌にのせてみた。私の歯はまだ割りに確かで、ポリポリ噛みくだく快感を知っていた。

乾パンの横は二センチ、縦は二・五センチ、厚さは八ミリか。指先きにつまめる軽さで、内容は小麦粉（つまりウドン粉）が大半、他に砂糖、胡麻、食塩、カルシウム他を含むと効能書に記してあるが、私が乾パン好きなのは、口中で噛みくだき噛合せている間に生じてくる、小麦粉自体の自然な甘味である。味らしいものは何も加えず、小麦粉を練合わせ、型に入れて適度に焼上げたもの、保存が悪く湿気を吸わせると、たちまち味が落ちる。

最初に乾パンを知ったのは、七十年前の昔である。私が十三四歳の頃、某日神田の横丁のわが家前に、ダブダブの軍帽と軍服の兵隊が立っていた。両肩に星のない赤い肩章が眼立つので「新兵」とすぐ分り、実に若者らしい。その新兵が、私を見込むなり不動の姿勢をとり、挙手の礼をして自らの姓名を名乗った。私は仰天して、お袋のもとに跳んで戻った。

昭和二十年八月十五日、「無条件降伏」を受諾するまで、日本国は「徴兵制度」を実施していた。男子が満二十歳に達すると、必ず「徴兵検査」を受ける国民としての義務があり、「合格」すると二年間か、十二分に鍛え抜かれた。私はこの新兵と乾パンに関連して、世にも苛酷な徴兵制度に触れるつもりで居たが、もう紙数は尽きた。

戦前戦中にかけて、人気抜群の落語家に、柳家金語楼がある。その新作「兵隊」は、彼の体験をそのまま新兵生活として浮きぼりにした傑作であった。兵役というものが如何に理不尽なものか、観客は知り尽して居ながら、頓狂な彼の一挙一動に腹を抱えて笑った。これだけの芸が身についた落語家だからこそ、頑迷固陋の軍部の監視下で、泣き笑いの新兵をゆうゆう演じることが出来た。私ごときは、いまになって平和平和と遠吠えしている一人である。

非常食品の乾パンは、私に様々な旧事を思い出させる。昭和の初期私も神田区役所で「徴兵検査」を受けた。父の肺結核に感染して、当時体重は四十キロに足りなかったと思う。満二十歳の壮丁は猿股一つの裸体で、全員検査場に集る。瘠せ細った身体は、屈辱、屈辱、ああ屈辱。まともに眼も上げられぬ。身長を計られ、次いで体重の順になった。係官が、何か病気をしたかと質問してきた。肺結核だと答えると、いったん私の胸にまわしたメジャーを直ちに外し、矢庭にスッと、脱脂綿で消毒した。

壮丁の体格にしたがって甲種合格、第一乙、第二乙と判定されて行くが、私は最後の「丙種」であった。後々母が語るには、当時私の通院した医師は、初診の際「この子は二十歳まで保つかどうか」と母に打明けたそうである。

東京第〇地区司令官は、最後に訓辞して、本年度壮丁の健康状況を賞揚、「しかしたとえ検査の結果丙種と認められたる者も、国民皆兵のあかつきには、国民の一人として義勇公に奉ずる資格あり、決して落胆すべからず」と、慰留の言葉を加えた。

――気がつくと私は手の平に一個、乾パンをのせて座っていた。雨音が耳によみがえり、また遠く歌声を聞いた。

「赤い夕日の満洲に」とか、「戦すんで日が暮れて」とか、「友は野末の石の下」とか、古い古い軍歌が切れ切れに聞えてきた。私は本年八十四歳、要するに生れながらの丙種であった。

（東京新聞・一九八八年一〇月二九日）

馬の耳

昔の人はよく「馬の耳に念仏」と云った。

どこかに、手の中の物を、ほうり出すような調子が含まれている。読書をせよ、日記をつけよと、先輩や先生にすすめられた人は数知れぬほどいるが、これが「馬の耳に念仏」派ばかり、年長者の意見を聞き流しにしておく。私なども、まさしくその一人であった。「視聴覚教育」のさかんな今日では、辞書にも「馬の耳」はもう載っていないかも知れない。

ある日、小学校の担任先生が、組の子供たちにいう。五年生くらいとしておこう。「いいかみんな、来週の国語の時間に、君達の写真を持ってくる。この頃とったのがあるだろう？　君がシャッターを押したのでもよし、誰かにとってもらった君の写真ならもっといい。最近のがなければ、一年前でも、三年前のでも、君の生れた時のでもいい、必ず学校へ持ってくる」

それからの一と騒ぎは略すとして、次週の国語の時間がくる。先生が、写真を持って来たかと、教壇から声をかける。元気な返事があり、手をさし伸べて振りまわして見せる子もある。

「よォし。先生がここに厚紙を持って来た。この厚紙の右上に、このテープを四すみに使って、写真を貼りつける」先生は黒板にそのやり方を描いてみせる。「まちがえるなよ、右上だぞ」

国語と工作の時間を、取りちがえたのではない。先生は写真の下部に、各自の名前を記させ、いつ頃写したものか、あるいはいつ頃の季節だったかを記させる。次いで、誰がとってくれたか、横に並んだ人達は誰々だか、その写真から思い出したことを、厚紙の余白に書き込ませる。

なっとくするまで、また一と騒ぎして、一瞬教室内が静かになる。

「君達はもうすぐ六年生になる。そうすると、修学旅行だ。みんなカメラを持ってきて、パチパチやるだろう。バラバラにしておくと、いつの間にか失くしてしまうこともある。帰ってきたら、この方法で写真帖を作って、なんでもかんでも、旅行中のこと、仲間のこと、メモのつもりで書込んでおく。そのための練習だ」

以上は、たとえ話である。われわれ爺さんの子供時代には、カメラなんか持っているのは、大人でも珍しかったが、そういう優れた教え方をする先生は多勢いて、私も知らず知らずの間に読むこと、書くことを呑み込み、大層得をした一人である。読み書きの時間は、実にたのしかった。子供の時から、そんないい先生に教わったにしては、お前の文章は成っていないぞと、云う人があるかも知れない。残念だが、それは私に才能がとぼしかったからで、まったく別の話になる。

（小説新潮・一九八八年四月）

小錦の余波

秋場所がすんだと思うと、九州場所、そのうちすぐ春場所が話題になるであろう。年中相撲中継に追いかけられている。

力士諸君も、十五日間気力充実とは行くまいし、中にはロートル同士のうらぶれた取組も毎日数番ある。柔道やレスリング、ボクシングのような、重量に依るクラス制は相撲にはない。素人の私は、これは土俵というものを円形にして、軽量の力士の技を振るう余地を残した日本人の知恵から来ていると秘かに信じてきたが、盛りを過ぎた力士諸君のために、この際年齢別によるクラス制でも新たに採用してみてはどうかと勝手な想像をしてみたりする。世の中の優勝劣敗がひとしお身に沁みるのは、老人の常であるからお許しを願うが、幕尻や十両に古い名を残した力士のうちには、「おれだって、足を洗いたいさ。それが出来かねる訳があるから、こうしているんだ」と、呟く人があるような気もする。とにかく、プロ・スポーツの舞台は若い人達が中心である。

「居職」という言葉があって、自家の仕事場で手仕事をする職業を云うが、われわれもその一種である。書く題材が定りさえすれば分相応に筆は進むが、ああでもない、こうでもないと視線ばかり動く時は仕事にならない。庭へ出てみたり散歩をしたり、湯に入ったり、テレビをひねったりで時間を空費、疲れ切って一日を棒に振ることが多い。

相撲は十五日間続くので、なるべく見ないようにする。六時が来て、テレビの前に取り残された途端に、ああ今日も怠けて了ったという気分になるのが、なんともやり切れないからだ。

昨秋の秋場所千秋楽の夕方であった。茶の間の火無しの掘り炬燵に落着くなり、私はテレビのスイッチを入れた。夕食の買出しに行く家人に留守番を頼まれたので、優勝は誰になるのかその間に見物しようというつもりだった。矢庭に小錦の巨体が、こちら向きにヌーっと大写しになった。恐しい迫力であった。このままでは一と突きに琴風を突き放し、その余力でテレビの画面を粉砕した彼は、この茶の間に跳び込んでくると、半分本気で私は考えた。

西土俵から（或いは東か）登場した琴風は、例の如く伏眼勝ちに、黙々と仕切りを続け、小錦とは視線を合わせない。数十秒後にはいけにえとなる身を鞭撻しているのであろうか。彼が気鋭の時代、脚部の関節を痛めて幕内上位から一気に転落を続け、幕下から再度日の目を見るまでに数年を費したことは知られているが、現在もその痕跡は彼の脚部に残り、仕切りを繰返すたびに、そこへ一握りの塩を撒くのは、秘かに無事を祈る姿ではないか。

――その直後の光景は、みなさん御存じの通りで、琴風は見事に（或いは意外に）快勝し、わが相撲道の危機を救った。千秋楽の土俵を囲んで、旧国技館に別れを惜しむ幕内力士の輪の中に、琴風の笑顔がひときわ晴れやかだったが、秋場所の話はもうそれでよい。

掘り炬燵の座椅子にかけた私は、思い切りよく立上り、座椅子のアームに片足を引っかけて、茶の間から一段低い縁側へもろに転倒し、中間にある敷居で胸部を強打していた。一瞬息の根が止まった中で、それでも私は反省していた。年寄りの出る幕ではなかったと。（或いは台風の余波みたいなものかとも。）

翌日、翌々日は連休で医院は休みだった。帰宅した家人に附添われて近所の薬局へ急行して応急手当、外科でレントゲンを撮ってもらったのは三日後であった。骨折はなかったが、肋骨の痛みは日を経るにしたがって次第に深刻である。愚かなことに、「胸の痛みに耐えかねて」などという、平素軽蔑している歌の文句を思い出したりした。いまだに痛む。

（新潮45⁺・一九八五年二月）

たのしい歌舞伎

「演劇界」の十月号を送ってもらって、こんなに美しい雑誌がまだあったかと感心した。「新演芸」の遠い昔も思い出した。「巻頭随筆」から読み始めて、グラビヤにとんでまた元に戻るという勝手な楽しみようをした。

まず河竹登志夫氏の「勘十郎の死に寄せて」から入る。「桐竹勘十郎の死は、後継者難の文楽人形つかいの世界にとって、大きな痛手だった。」と哀悼の意を表され、戦前の文楽の名舞台を偲んでおられる。

「そのころ歌舞伎には、羽、幸、菊、吉があった。

団菊ばかりほめる老人を、うらやみながら笑っていた私も、だんだん昔のことのほうが鮮明におもいだされるこのごろで、ときどきギョッとするがしかたがない」

河竹氏はそう洩しておいでになる。なるほどと思う。驥尾《きび》に付すとはこれだなと思う。こんな難しい言葉など引くまでもないのだが、一昔前の舞台を舞台人をなつかしがるのは老人の常であろうか。私などは明治の末の中途半端な東京に生れ、貧しい見聞しか持っていないのに、無いものねだりは増すばかりである。

転じて戸板康二氏の「尾上多賀之丞」へ行く。戸板さんは、市川鬼丸《きがん》が六代目に望まれて二長町市村座に入り尾上多賀之丞の名跡を継いだが、六代目の死後も優れた女形として九十歳まで活躍し、昭和五十三年に世を去るまで、好劇家の賞賛を博したと数々の名演技を語られている。

大正年間から昭和の初め、東京市が十五区制だった頃、いわゆる小芝居というものが各区に在り、市川鬼丸もそういう小屋の役者で、私は何度も観た。背の高い女形であった。大正年間は不景気が続いたのか、そこへ関東大震災が突発したりして、歌舞伎座や帝劇や新富座、その他の大芝居へ出られない芸達者の役者が、小芝居に集ってきた。いまちょっと思い出しても、団之助、菊右衛門と、後に再び大舞台に帰参して端役を生かし、歌舞伎を面白くした人が、小芝居に大勢くすぶっていた時代があった。

多賀之丞さんが六代目の女房役で、パッと人気をつかんでから、鎌倉へ越してこられた。鎌倉の小町通りに「ひろみ」という天ぷら屋があり、そこの主は評判の不愛想者であったが、天ぷらの味は実にみごとだった。その店で私は、多賀之丞さんと口をきき挨拶を交わすようになった。ある日、「二三日前誰々さんの襲名興行で、『勧進帳』を見てきました」と私がいうと、「ご苦労さまで」と、多賀之丞さんが応じた。この時のご苦労さまでを、私はいまも忘れない。なんとも皮肉な調子に聞えたからだが、これはこちらの思い過しだったろうか。「あんな勧進帳をわざわざ、ご苦労さまで」と聞いたのは、私のつむじが曲っていたからであろうか。次に、村上元三さんの「二十六日会のこと」では、「そのころの歌舞伎座の斎藤支配人と観客係の藤宮勢以さんが、三階へあがってきた。」という個所に眼がとまった。そして、そうだ、この「お勢以さんだ」と思った。

もう二十年になりはしないか、歌舞伎座の舞台で文春の文士劇があり、久保田万太郎氏の星影土右衛門は立派だが、どういう風の吹きまわしか、御所の五郎蔵役が私ということになった。びっくりしても始まらない。土右衛門の子分役に三島由紀夫氏その他錚々たる顔触れがならんでいるので、取敢えず五郎蔵は子分諸氏に挨拶に行き、とにかく大役をすませたが、その幕が下りてからこの有名なお勢以さんに偶然廊下で逢い、「よく出来ました、結構でした」と、子供のように賞めてもらったのを、村上さんのおかげで思い出した。われながら、よく覚えていたもんだとしばらく往事を振返った。

（演劇界・一九八七年一二月）

西と東

昨秋、友人に誘われて神戸へ息抜きに出かけた。新幹線を新神戸駅で降りると、「はり半」という日本旅館の老舗が残っている。神戸へ息抜きに出かけるとは少しばかりおかしいが、こういう宿の落着いた雰囲気が私は好きだ。いい加減な温泉宿などとは比べものにならず近くの散歩と二泊ばかりで体がやすまる。

この時は、神戸の異人館というのを見物した。同行した人の話によると、神戸市が、明治と大正初期に建てられた異人館のうち、保存に価するものを買入れ、補修を加えて市内の一郭に異人街を再現したのだという。どこへ行っても、いま出来の洋風建築が氾濫する昨日今日、これは四囲の庭園にも意を用い、「文明開化」当時の租界とか居留地を偲ばせる趣きがあった。相当な費用だったろうと思われるが、入場料とか入園料とかいうコセコセした方法はとらず、観光客の来遊するに委せていた。観光客も節度深く、古風な室内調度を利用しての喫茶室で、おもむろに珈琲を楽しむという閑寂さであった。

先日頂戴した神奈川近代文学館の完成予想図に依ると、文学館の二棟にわかれた建物は、柔かに樹木におおわれ、敷地の風光を生かした見事なものであった。

都市としての横浜は、西の神戸に比較される歴史を持ち、文化の上でも高度なものを持つ都市として一頭地を抜いていると云われてきた。

われわれが、飾り物としてではなく、市民県民の生活に解け込んだ、神奈川近代文学館に期待するものが大きいのも当然である。

（神奈川文学館建設趣意・一九八二年六月二五日）

石蕗の花

十一月に入って、快晴の日が続く。昼過ぎ、かかりつけの医者へ行く。十二指腸潰瘍以来、月に二度ほど診察をうける習慣がついた。待合室には、もう先着の患者が四五人いた。長椅子にかける私に、寄ってくる人がある。ここで顔馴染になった、私と同年輩の老人である。

「いい天気だから、歩いてきた。歩く気になれば歩ける」と、私の隣席を占めた。

「あなたの家は？」

「笹目の、ちょっと奥だ」

「それは、大したもんだ」そう、私は相槌を打った。

「おれの発見した、歩き方の秘伝を教えようか」と、少し膝をのり出して、彼は私の顔をのぞき込む。

「歩くというのは、早く云うと、右足と左足を交互に、前へ前へと運ぶことだ、交互にね。そうだろう」

「そうしている限り、体は否応なく前進する。そこで忘れてならないのは、決して急いではならぬということだ。どこかのおばさんや婆さんが、君を追抜いても、我かんせず、おのれの歩幅をまもって歩く。そうしていると、いつか君は、君の目的地点へ必ず到着する。到着したら、そこで君は、不思議だなあ、ここまで来られたと、自分をほめなければいけない。うん、秘伝とは、いつもそんなに簡単なものだ」物腰や口調が、教壇馴れしている。

「なるほどね」

順番がきて私の名が呼ばれ、診断をすませ薬をもらって外に出る。自動扉というものは、まことに空虚だ。なんとなく老人を振返らせる。

翌日の昼、食後の薬を服みながら、「秘伝」を思い出して、笑いをもらした。

散歩に行くことにした。バス通りを古風な赤いポストについて曲り、大御堂橋という小橋を渡ると、滑川沿いの裏道が、竹の寺の下まで続く。九月の末に、昨日の医院から一山トンネル越えして、この道を家まで帰ってきたことがある。釈迦堂口と呼んで、短いけれども老人にはなかなかの難所だ。「釈迦堂口トンネルは落石の危険あり、通行禁止。鎌倉警察署」の立札が立ってから、十年になるだろう。それでも人間は通抜ける。

その釈迦堂口に通じる山路の曲り角に、製材所のトタン屋根が見え、電気ノコギリが時々鳴る。ヘルメット帽をかむった人物が、ぽつんと一人立っていた。一見交通巡査風だが、制服がどこか異う。当方も脚を休めて、すれ違いざま一呼吸した。

ヘルメット帽がマイクを口に当てた。

「モシモシ、二号から三号へ」

「ハイ、コチラ三号」三号は、川を渡った辺りに立番しているのか。

無電のマイクを玄人風に使い、ついでに私を一瞥《いちべつ》する。

釈迦堂口方面から、トラックが重い物を積んで、細い道幅一杯に徐行してくる。運転手が片手を上げて制服に会釈すると、制服は赤い棒を振り、私に道ばたに寄れと合図してから、「モシモシ、二号から三号へ」と、再度マイク。「ハイ、コチラ三号」「第八号車、タダイマ通過。相当重いぞ。そのあと、老人一名通過」

洋風の鉄柵前まで私は身を避ける。この辺は川沿いの住宅地だ。足もとに石蕗《つわぶき》の花がまっ黄色に、四五本咲いている。トラックは押出されるように、竹の寺行きの方向へ曲り、速力を早めて去る。車上は土砂の山だった。「土木会社の係員だ」と、すぐリョウカイした。釈迦堂口をこちら側から越すまでにはかなり広い雑木林を通る。すぐ思いは走った。更地にするのは、しごく簡単であろう。

「右足と左足を交互に進めていれば、目的地に到着する」と、昨日の老人は云ったが、われわれがトボトボ歩いている間に、目的地の方が一つ一つ消されて行くとは、彼も私も気づいていなかった。

好い天気だからこそ、散歩に出たのだ、石蕗の花をしっかり見届けよ、十二月の黄色だぞと自らをいましめた。

（朝日新聞夕刊・一九八七年一二月二五日）

小さな栖処

急に駆け足になったり、そうかと思えば道草をしたり、近道を選んだつもりが行き止まりで、もと来た道へ戻らなければならなかったり、振返って見れば、私の人生はそんなことの繰返しであった。

道とはなんであろう。

先年自分の全集が出る時、次のような短文を寄せた。

「小さな栖処を出ていった。」

ここまでは、人並みの若さというものであったが、半生を経て気がついてみると、わが身はいつの間にか埃《ほこり》にまみれて、元の栖処へ戻っていた。なにか、手ごたえを求めて出て行ったに違いないのだが、どこをどのように歩いていたものか、本人には分明ではない。

一口にいって、私の所業はそんなところである。

何を書いたか、何が書けたか、つくづく身の不才を嘆き、古傷の疼《うず》きに叫びをあげるような愚行も重ねたが、この十二巻に収めた片々たる文章は、その折々に書き止めた、もどかしい手仕事ということになるであろうか。」

世の中には、一条の道に向ってひたすら邁進《まいしん》し、大成する人がある。しかしこれは、天賦というべき稀な資質を備えた人だからこそ可能な業績であって、凡小な者が真似てもおそらく実を挙げることは出来まい。

私が終戦直後に選んだ道は、自分一人の道であるが、ただ一人行くという悦びを身に染みて覚えたのは、四十二歳で定職を退き、文筆生活十年を経てからのことであった。文筆者としての私の出発は、人々に比べて二十年遅かったが、生涯を通じてこの日を忘れることはあるまいと思う。

人間の世界は、かつてない変貌の世紀に突き進んでいるように思われる。過去には無かったさまざまな道が、可能な進路として指し示されているかのように思われる。しかしこれは同時に、われら老いたる者の歩みが加速を失い、いつか逆に取り残されて、額を拭う折々に浮ぶ敗北感ではないとはいい切れない。

われら凡小の徒は、迷いを重ねて歩み続けた。ここまでたどって来たのだから、もうこの辺でよかろうということは、われらの日々にはあり得ない。とにかく、たゆまず歩み続けるのが、われらの道であろう。

（中統教育図書株式会社刊・道　昭和の一人一話集8・一九八四年三月一五日）

追憶の人

菊池寛の日常生活

昭和二十三年と云えば、終戦後の混乱が渦を巻いた時期である。その年三月六日夜、おそらく九時頃であったろう、菊池寛は自宅の二階で狭心症に襲われ、そのまま事切れた。その頃しばらく不調だった胃腸が正常に戻ったので、当夜はごく内輪に還暦の祝いをした。アルコール類は一切口にしない人であったし、鰯一尾卵一個を入手するにも骨の折れる時代で、形ばかりの宴であったから、菊池寛は箸を置くといつものように、一人で二階の書斎に入り、机にうつ伏せになったままの最期であったと云う。

以上の経過は、翌朝菊池家御近親からの電話に接して承知、一瞬胸を突かれた。同じ鎌倉うちの久米正雄に急報、時を移さず東京雑司ヶ谷の菊池家へ同道したが、横須賀線車中で、ひとり階段を上って行ったと云う菊池さんの後姿を、繰返し眼に浮べた。

自宅に起居される時は、いつも和服に兵児帯で通された。小ぶとりの体質、生来無器用な人で、着物は奥さんの手で着せかけられるとして、兵児帯は自らぐるぐる巻きに捲いてから無造作に結んだに違いない。いつもきちんと締めていることはなかった。その方が小ぶとりの体質には楽だったのであろう。

日常午後二時頃までに、新聞小説その他の原稿を、二階の書斎で書き上げてしまうと、階下の玄関脇まで出て、待っている編集者にそれぞれ手渡す例で、それから服に着かえて内幸町大阪ビルの文藝春秋社まで、息抜きとも出勤ともつかぬ形で車中の人になるのが戦前戦中の毎日であった。ゆる目に結んだ帯は執筆中に解けてしまい、階段の中ほど辺りで長々と尾を引く。一度や二度のことでなかったから、原稿受理の礼を述べた編集者は、そのついでに、

「先生、帯が解けています」と、親しみをこめてささやく。

毎月毎号欠かしたことのなかった文藝春秋所載の身辺雑記「話の屑籠」の中で、菊池さんはこのことに触れ、

「本人がなにも知らずにいることを、傍から余計な世話をやかれるのは、迷惑千万だ」

と、不機嫌に書き止めてある。何人かの来訪者に同じ注意をうけたものだと思う。

そうした後姿を、私は思い出したのだ。

終戦直後、昭和二十一年に文藝春秋の解散を公表した菊池寛は、川口松太郎、永田雅一らの懇請を受けてこの頃は大映映画の社長に就任していたから、急逝の翌日は早朝から同

社の社員が手分けをして、葬儀その他万端を取り仕切っていた。

（ついでに記すと、菊池寛の文藝春秋社「解散」を公表したのは、昭和二十一年三月のことで、それにしたがって私は同社を退社、退社してそれからという腹はなにも出来ていないまま、妻の家庭菜園を手伝うという状態にあった。小林秀雄が某新興新聞に関係し、私を呼びに来たのはこのすぐ後であった。

一方、池島信平他の社員達は協議の末、伊豆伊東温泉に疎開中の佐佐木茂索の出馬を要請し、文藝春秋新社の再建を画策、菊池寛の許可を得て組織固めに大童の最中であった。終戦直後は、大方の人々がそのように、にわかに大風に乗せられて東奔西走という時期であった。）

そういう事情を呑込んでいると、葬儀の手配のため混雑する菊池家の中心はどこに在るのか戸まどうばかり、焼香の後しばらく呆然として、一隅にたたずんでいると、人混みを分けて佐佐木さんが近寄り、「僕らにも、何か手伝わせてもらいたい」と云った。私は口籠りながら「私のような雑兵よりも、大映の社長か川口松太郎辺りに申入れてください。こんな状態ですから」と答えた。

四十年前のことだが、いまもはっきり思い出す。そして、あんなぶっきら棒な言葉遣いをしてと、必ず心のどこかが痛む。菊池さんとは永い交際の佐佐木茂索の気持は、よく分っていたのだが右往左往する混雑の中では、あの雰囲気ではそう答えるよりなかった。

葬儀は、三月十二日、会葬者と花輪の数は、さすがの護国寺境内を埋めた。

久しぶりに菊池家を訪ねて、近況を申述べたのは、前年二十二年の秋ごろのことか。菊池寛、佐佐木茂索が進駐軍司令部の公職追放令にかかり、小者ながら私も同様就職を断念する身になった。

満洲文藝春秋社の責任者として、新京市に在任した同僚、香西昇が引揚げ者として帰任したので、二人で雑司ヶ谷のお宅に伺い、夕刻までお邪魔した。私ども社員仲間では、菊池寛を「おやじさん」と呼んでいた。香西昇はその「おやじさん」の顔を、三年振りに見た訳だった。二人がいとまを告げると、そこまで一しょに行くと菊池さんも履物をはいた。護国寺前の市電の停留所へ近づく辺りで、その後生活をどうしているかと、私に質問があった。ある新興新聞に籍を置いていたのでその旨を伝え、まだ給与を受けているからと伝えたが、おやじさんは、袂から札を一とつかみ取り出す例の菊池流で、私の胸先きに手をのばす。目下はやりくりが着いていると辞退したが、持って行け、おれはこれからこの電車で、和泉橋のダンスホールへ行くと、ステップに足をかける。それでは香西と二人でいただきますと、手から手に札を受けた。

菊池寛は、進駐軍の公職追放令を不当とする信条が堅く、それが因で狭心症に襲われたと後々まで私は疑わぬが、それだけにお前のような小者にまで辛い目に遭わせると、心遣いをされていることを私は知っていた。香西と私を置いてガラガラな市電は出て行った。たそがれの時刻に、自宅に籠っているのは、耐えがたい淋しさであったにちがいない。市電に乗って、焼跡の街へ出る和服の菊池寛が、私の眼に染みる最後のおやじさんの姿だった。

私はダンスというものを知らないが、当時進駐軍兵士用として和泉橋ダンスホールがあることは聞いていた。

菊池寛は、晩年日本の古典文学の現代語訳を日課にした。「新今昔物語」「好色物語」など、数冊の著書が遺《のこ》っている。「手すさび」という言葉がある。日本語らしい、微妙なひびきを持った言葉だと思う。

死後、遺書が発見された。簡潔そのものである。

「私はさせる才分無くして文名を成し、一生を大過なく暮しました。多幸だったと思います。死去に際し、知友及び多年の読者各位に厚く御礼を申します。ただ皇国の隆昌を祈るのみ。吉月吉日」

文藝春秋社は、麴町区内幸町の大阪ビル内にあった。

最初は雑司ヶ谷の菊池家内、数室を編集部に出発したが手狭となり、麴町区下六番町の元有島武郎邸を借りて文藝春秋社の看板をかけ、初めて独立する。旗本屋敷跡ということで、左右に袖を持った古風な長屋門を入ると、玉砂利を敷き詰めた通路が大玄関まで続く、お邸というにふさわしい構えであった。座敷の間数も十五ほど、玄関脇には洋館の応接室がつき、広い庭では某劇団を後援するバザーを開いたこともあった。

ここでの大仕事は「小学生全集」であった。わが国の出版界史上、刮目《かつもく》すべき企画であったが、この編集に当ったのは、ほとんどすべて女性だったことも、当時として破天荒な試みであった。

かねて菊池寛は、女性が最高学府で学をおさめても、卒業後社会に出てその素養を活用する職場のとぼしい状況を憂えて、文藝春秋社内に「文筆婦人会」を創立した経緯があり、日本女子大、津田英学塾その他の出身者を会員として集めていたが、その女性達を「小学生全集」編集部の中軸として据えたのは、菊池寛の鋭い眼力に依る。

私が文藝春秋社に入社出来たのはちょうどこの頃に当り、「小学生全集」編集部に所属を命じられた。翌朝和室二間続きの同部へ新参者として加えられた。昭和二年私は二十三歳の未熟者であった。それと云うのは、女性ばかり同室六七人の中に加わって、どこへ顔を向けて好いのか戸まどい、息苦しくて廊下へ逃げ、邸内を行ったり来たりした。勤めとは、このように周囲の人々に気をかねるものかというのが初経験であった。後日当時を振り返って、美人が多かったからそれに気圧されたのだとやや余裕をもって回顧した。その一日限りで、私は別の部署に移してもらった。これらの女性のうちには、後日望まれて作家の夫人になった人も数人に及んだが、ただ一人このグループに「童女」がいて、児童文学に生涯を籠めた。石井桃子氏と云えば、現在も専心児童文学に励まれていることはいまさら口にするまでもない。

「小学生全集」が好評で、下六番町の有島邸も手狭になった折りも折り、大阪ビルが麴町区内幸町に新築され、ここの数室に社を移した。市電線路を隔てて日比谷公園、ビルの前には日本勧業銀行が在るという眼抜きの場所で、内幸橋を渡れば、銀座通りまで五分、新橋駅は三分かかるまい。入社後一年余、昭和三年か四年のことであった。

編集部、営業部、広告部などが広々と一眼で見渡せる新社屋は、中央公論社、改造社その他の同業と肩を並べ得た誇りを感じさせたが、他社と異なる特徴は、まず社長室の中央に将棋盤一面が、堂々と置かれたことで、しかも技を競う社員は社長が在室しても自由に対局出来る不文律があったばかりか、社員同士の対局に椅子を近寄せ、助言をたのしむのが社長であった。

大阪ビルが、隣の空き地に二号館を建てたのは、それから何年後か。新館が落成すると、文藝春秋社はその六階に再移転した。こんどはワン・フロワー全室を借りたのでさらに広々した。社長室の将棋盤も健在の他、ピンポン台が備えられ、会議用の卓を並べた専務室が新設されて、そこには佐佐木茂索専務のデスクがあった。

静かな佐佐木さんは、自分でも持て余し気味の癇癖《かんぺき》を持っていた。それを眼のあたりにしたのは、当時「オール読物」次号所載の「詰将棋」問題を、出題者のある八段が社長室の盤上に並べた時のことであった。将棋好きの社員を呼び集め、あの手この手と新問題を検討してから印刷にまわすのが例になっていた。八段が自作の詰め将棋図面通り駒を並べ、ものの五分ほど経過すると、八段があわてて「やあ、すみません。この銀は間違いです」と、自分の置いた駒の位置を訂正した。

佐佐木さんは将棋が強い。菊池さんと勝負をしたら、どちらが上手かと私はいまでもそう思っている。その人が、社員数名と立ち見をしていたのは、運の悪い八段であった。八段が駒を直したか直さぬ間に、つつと盤に寄ったと思うと、盤面ごと駒が四方に散乱した。佐佐木さんが双手《もろて》で、将棋盤を投げとばしたのである。色白な八段は見る見る頰を染め駒を拾い集めたが、佐佐木さんは足早に専務室に姿を消していた。私もそこにいた一人で、佐佐木さんの気持はすぐ諒解した。「プロの八段が自作の詰将棋を並べ五分も無駄な時間を費してから間違ったとは何事か、恥を知れ」ということだ。しかし、盤を投げたのは佐佐木さんではなく、癇癖のなせる業で、あんな重い物が簡単に投げられるものではあるまい。私は満面朱をそそいで、呆然とした某八段を前にしながらそう思った。

その後佐佐木さんは、二台続きのピンポン台の一方を、矢庭に引っくり返したこともある。この時はよいあんばいに、私は執務中で、プレイ中だった女社員が泣いていると聞き、おれは運がよくてこの編集室にいるがと、肩をちぢめたおぼえがある。後日譚はまだ続く。

その翌日、「社員の将棋・ピンポンは、午後五時まで禁止」という張り札が編集部のつい立に張り出された。編集部に掲示されたのは、他部の社員は一切遊びごとに手を出さなかったからで、まず一週間は静粛だった。そして、週が変ったある日の午後、社長秘書の佐藤碧《みどり》さんが、編集部に顔をみせて、「どなたか、先生の将棋の相手をする人はいませんか」と声をかけた。部員は顔を見合わせている。

「冗談云ってはいけません、その掲示をみてください」

私はそう応じた。

佐藤さんは、「やっぱりいけないか」という表情で去って行ったが、数分も経ないうちに、再度戻ってきて、「先生に勝てば、賞金を出すそうです。誰かいませんか」

部員達は互いにニヤニヤして、壁の電気時計を眺めたりしたが、椅子を立つ気配はない。

「石井君、みんなを代表して相手になってやれよ、気の毒じゃあないか。佐佐木さんが出てきたら、みんなの代表ですと云えば平気だよ」

石井君はやや小柄で細身だが、美青年、行儀も正しく度胸は据って将棋もわれわれより強い。再三すすめて社長室へ彼を押し出し、後から交代で、観戦に出かけた。要するに、将棋・ピンポンの掲示で一番困ったのは菊池寛、それに違反したのも社長自らだったと云うことになる。本年度菊池寛賞は、将棋の大山名人が受けた。

社員以外に、十五六歳の少女が、常時四五人いて、受付係その他の雑用が役柄だったが、昭和も十年を越すにしたがって次第に「応召」の度合が激しさを増し、男子は私のような四十近い社員ばかりになる。

社長が出社すると、社長室は急に賑わしさを増し、乏しくなった菓子類とか煙草を、どこから手に入れるのか、その少女たちは社長に届ける。菊池寛という大人が、まったく愚にかえり、少女を相手に温顔を絶やさなかった。

多くの菊池寛論のうち、私は小林秀雄の書いたものが最も好きだ。小林は「菊池寛は天才だ」と一言に云い放ち、この人の行住坐臥、逸話でないものはないとして、その実例を巧みに示している。長くなるので引用は略した。

菊池寛は、情にも厚く随分多くの人に尽している。一時鎌倉に籠り逼塞《ひっそく》した日々を送っている佐佐木茂索を、文藝春秋社専務として迎えたのも一例だし、急場に助力を得た人は数知れない。志賀直哉は生前の菊池寛を誹謗《ひぼう》したが、その死に際し、自らの偏見を謝し故人の人柄を偲んだ名文がある。

頼まれれば、作家の子弟を社員として預かり、夏目漱石、徳田秋声、芥川龍之介その他の息があったりした。かく申す私なども、その情にすがって就職がかなった一人だが、文藝春秋社の屋台が大きくなるにつれ、改革論が頭をもたげ、他社同様に入社試験を行ない、しかるべき学歴素養を持った者を用うべきだと云うことになる。第一回試験に合格した新人数名らの中に池島信平があり、後々名編集者として社長として名を遺したが、戦争が激しさを加える中に戦死を遂げた人も池島君と同期に江原謙三、生江健次の二君があった。

この時の入社試験問題は菊池寛が要所を構成し、佐佐木茂索が補佐した。われわれ情にすがって入社した者は、その当座まことに煙たい思いをした。問題集を手にひらめかして、どうだ君達に、この三分の一でも正解を出せる能力があるかと、菊池寛は社員ごとにその紙片をさし出してみせる。おそらく文藝春秋社には、今もこの試験問題表は保存されているだろうと思う。

菊池寛は、自らの「狭心症的発作」について、何度か記している。大正十三年十一月夜半、三十六歳のときのものがもっとも辛かったようで「自分は八九分まで死を覚悟したほどである。」云々と記した文章を遺し、さらに昭和四年四十一歳の折にも、「私は数年前心臓の狭心症的発作（神経的なもので、自分の気持から起るものらしい）で、もう死ぬのではないかと思ったことが、三度ばかりあるので、死については近来覚悟が出来て、いつ死んでも多くの苦悶なく死ねそうである。」と「話の屑籠」の中で予見的な感想を述べている。

アルコール類は、いっさい口にしなかったが、煙草は矢つぎ早やにふかした。煙草を「のむ」のではなく、絶えず口にくわえて「ふかす」のである。そのために、和服も洋服も焼けこげだらけで、これは夫人を困らせ続けた。ほんとうの煙草好きなら、これに触れた文章が残っていても当然なのだが、私は一度もそれを読んだことはない。

昭和十四年当時かと思うが、久米正雄、深田久弥と満洲旅行に同行した時、新京で「久米正雄歓迎俳句会」が催された。主催者側の幹事に高松出身の某氏があり、（当時のメモに氏名を示してあるが、いまは記憶がうすれているので略させていただく。）私を文藝春秋社員と知ったその某氏が、中学生時代の菊池寛を語った。

「菊池さんは中学生の制服のまま、ハゼ釣りをしていました。右のポケットに餌が入っていて、それを釣りばりに着ける。ハゼがかかると、それを左のポケットへほうり込み、右のポケットの餌をつけ直す。人が見ていようが、いっさい無関心でして、あの菊池さんの格好は一生忘れないでしょう」

高浜虚子主宰の「ホトトギス」古参同人である某氏は、たいへんなつかしそうにそう語られた。

今年は、東京湾や湘南方面はハゼが豊富で、釣り好きを喜ばせたそうだ。私は菊池さんのハゼ釣りに随行したことがあって、この話を思い出した。

小林秀雄が、「菊池寛の日常生活は端から端まで逸話だ」と評した。菊池寛を語り菊池寛を批評した人は現在も絶えないが、中には随分無責任な著書もある。勝手に「逸話」を継ぎ合わせ、勝手に菊池寛をこね上げて恥じない「評論家」がある。「逸話」は、語りつがれるとその度びに輪郭がボヤけて、真実性を失う性質を持つものらしい。

「僕の伝記なんか誰が書こうと思っても駄目だよ。本当のことは誰も知らないんだから。小林君みたいに評論なら出来るけど、伝記は誰にも書けないように僕の行動を隠してるんだ。三十幾つの頃かな、ふとそんな気がして、誰にも知られない生活を持ってやろうと思

った んだ」

ある日の菊池寛の直話として、今日出海はそんなことを書き遺しているが、解釈は一切皆さんの御自由である。

作家菊池寛には筆が及ばなかった。社長としての卓越した才能にも触れないで終る。御判読を願う。

(オール讀物・一九八八年二月)

追憶の日々　追悼素顔の里見弴

三時過ぎにお訪ねすると、すでに来客の靴が二足沓脱ぎ石に並んでいるので、これはと思ったが、その先客の一人が取次ぎに出てくる気易さで、二人とも懇意な鎌倉仲間であった。

六畳の茶の間と、八畳の客間を、いつもぶっ通しにして使われているが、このところ里見さんは左手が少々不自由なので、客間に蒲団を敷き、その上で気ままに起居されている。風呂から上ったばかりというような気色のよい里見さんが、これは顔が揃ったねと、機嫌よく笑顔でそこから迎えてくださる。お元気でよかったと思い、有難いなと思ってお辞宜をしたが、次いで私は、この二間のうちを右から左へ、左から右へ、それから庭へと頭をめぐらせていた。意識しての動作ではまったくなかった。ああ里見家だと思うとたんに、体の方がそう動いたのである。

茶棚から小卓、床の間の掛け物、欄間の額と数えていては切りがない、すべてが里見さんの「物」になり切っていて、明治大正昭和の衣食住が見事にこなされ、御主人を中心に、ガタピシしたところはどこにも見当らぬ。ついこの間までは、庭木も一切里見さんの鋏によって調えられたのである。それを私は「里見さんの家」というのだが、これは現在のこの家に限らない、里見さんがいままで住んだ家がすべてそれなのである。私の記憶をたよりに、鎌倉うちの過去の里見家を、順にたどってみることにした。

里見さんが少年時代、毎夏を鎌倉で過されたことは、文章にも出てくるが、山内英夫として一家を構えられたのは、鎌倉の表駅を出て右へ、横須賀線のガードをくぐって数町行くと江の電の踏切りがあり、右手前の花屋の横を入った辺りだったという。江の島電車がすぐ傍を通ってうるさくてならず、しばらくして御成小学校に近い蔵屋敷というところへ転居されたのが大正十三年だそうである。昭和元年十二月、そこから新築成った西御門へ引移られたものと思われる。

西御門の里見家は木造の洋館で、いわゆるハイカラな建物であった。（西みかどは、鎌倉幕府の西の門、東御門はその反対側にあった鎌倉幕府の門で、共にいまは地名として遺っている。）

里見さんは御子息の成長で、東京へ通学するのに駅に近い方ということで、一時この家を人に貸され、雪ノ下へ移る。帝国ホテルを建てたので名を知られたライトの弟子が建築した家ということだが、面白いことに、昭和四、五年頃里見さんが西御門へ戻られた後、久米正雄がここに住み、現在はその家の跡に小林秀雄が新築間もない家に住んでいる。

里見家の移転はまだまだ続く。その後裏駅まで三分という所へ変られたが、これも木造洋館で、現在は峰村外科医院となっている。

私が東京から鎌倉へ移ったのは昭和十年だが、里見家は当時日蓮の「辻説法」に近く、和風の大きな邸であった。正月三ヶ日には、われわれ文筆関係の者が誰彼となく押しかけ、大盤ぶるまいに与るのが例であった。

こうして順を追ってくると、現在の里見家までに、七回の移転をされ、昭和二十八年から現住所に引続き落着いておられる。私が記憶しているのは、西御門の洋館が最初であるが、その後いずれのお住いへお邪魔しても、前にも記したように、「里見さんの家」でないものは一軒もない。里見さんの好みで建てられた住いというだけの意味ではなく、住み心地に満足が行くまで、里見さんは家の内外にじっくり手を入れられる。

よい例を挙げると、現在のお宅は浄光明寺の谷戸のうちに在るが、縁側から仰ぐ山の尾根に松の木が二本あった。里見さんはどうもこの松の姿なり在りかが気に入らず、なんとかならぬものかとかねがね考えておられたが、折りも折り、二本とも松食い虫にやられてしまった。もうこれ以上我慢がならぬという訳で寺に申入れ、植木屋を雇ってこれを仕末なさった。

那須へ別荘を造られたのは、もう十年近く前のことか、先年那須へ出向いた時、お留守と承知の上立寄った。農家の古材を使って土地の大工に建てさせ、庭の植込みや石などまで御自身で指図をされ、滞在中は毎日枝の刈り込みに精を出されると聞いていたが、さいわい留守番の人に許されてお家の模様を拝見することが出来、ここもまた「里見さんの家」だと感嘆した。

以上の文章は、いまから六年前の昭和五十二年六月に、「里見弴全集」第六巻の月報に寄せたものである。

里見さんの御命日はついこの一月二十一日で、本日は二月一日、まだ一ヵ月にもならないが、思い出して書架を探し、拙文に眼を通していると、里見さんが故人になられたとは信じられなくなる。九十四歳の御長寿であったが、われわれの耳に入ってくる消息では、日常われわれの及ばぬ御気力で、相変らずなにごとにも興味を持たれ、驚嘆するばかりであった。

そういう里見さんを、同じ鎌倉うちで思い浮べると、百歳はおろか小柄でまめな翁振りは、よい血色の笑顔とももどもいつまでも続くものと気をゆるしていた。数年前から手が不自由になられ、歩行にも支障が生じたことを知っているわれわれに、なおそんな錯覚を起させるほど、目出たい姿と見えた。

昨年七月、鎌倉うちの長谷華正楼で、里見さんを囲んでの「かまくら春秋」主催の会合があり、私も招待に与ったが、お眼にかかったのはそれが最後だった。当夜も主客は、終始われらそこ除けの上機嫌であったが、当時全集の編集で忙しかった私は、その後体をこわし昨秋から歳末に近く入院生活を送るような意気地ない健康状態で、毎年心がけてきた年末年始にも伺えぬまま、突然その訃を耳にした。

里見さんの作品というと、「安城家の兄弟」「多情仏心」や「極楽とんぼ」を挙げるのが常識になっている。総て時々の華々しい才能を打ち込み開花させた長篇小説で、発表時から評価の高かった代表作であること云うを俟たないが、わたくし共のように文学青年時代から、里見さんの作品に接してきた者は、まず作者が三十代に書かれた、潑剌たる短篇の数々を想起して、いつも思いを新たにしてきた。「ひえもんとり」「椿」「俄あれ」など、われらの若き日の糧であった。

鎌倉の裏駅を出て、真直ぐ二三十メートル行くとテニス・コートが前に見え、その手前の左側に、たしか「湘南クラブ」と記した小看板を下げたペンキ塗りの家があった。入口のドアを開けると階段が眼の前、それを上り切ると二階は二間続きの日本座敷であった。

会員制で、みんな「クラブ」と呼び、夕方から人が集る。表駅から来る連中は、改札口で会釈すれば黙って裏駅を通り抜けさしてくれるから、便利この上もなく、会員は会社の社長、重役から弁護士その他、東京横浜へ通う電車の二等車の中で、（当時の横須賀線には、三等車のほかに二等車が一輛か半輛着いていた。）いつの間にか顔馴染みになった中年のプチ・ブルが多く、中にはなんで生活しているのか分らない湘南独特の不思議な人種も混っていた。そういう中年者達には、それぞれまことに適切なあだ名がついていて、たとえばライオンとか、悪弁とか、メロンとか呼ばれると、本人がこだわりなく応じてくる。それがまた、なるほどこれはライオンだな、メロンだなと、誰もが納得する風貌を持っていた。

昭和初期の話だが、もう麻雀があったし、ポーカーの仲間に入るには、その場で現金をポーカー・チップに換える。花札をもて遊び現金のやり取りは大ッぴらで、誰一人遠慮をしない治外法権の場であった。まことに風変りな社交場とでも云うより他に、形容しがたい人間の集りで、夫妻同伴という人達も多く、評判の美人の奥さんは誰と誰と、今でも指を折って数えられる。この中に在って最も派手だったのが、いわゆる鎌倉文士の里見久米という訳で、里見門下の中戸川吉二、牧師から文学に転じた田中純、若いところでは国木田独歩の息子である国木田虎雄、(この人は短篇小説を数篇書いている。)当時父親の遺産と、亡父の莫大な印税で、共に湯水の如く財を費した中戸川、国木田の二人は、里見久米の先輩に伍していささかの見劣りもない生活振りであったから、これらの文士が風変りな社交場の中心になったのは当然というべく、里見久米は「人間」派の頭領として、文壇的にも注目の的になっていた時代である。

文学青年だった二十そこそこの私は、菅忠雄という先輩に伴われて鎌倉へ行き、このクラブに同行して、里見久米の両頭領を遠く眺める機会を得た訳である。菅忠雄は、文藝春秋の編集長を勤めた人で、父君は一高の独逸語教授、夏目漱石の親友として知られた菅虎雄氏であった関係から、菅忠雄は少年時から鎌倉文士に愛されて物書きに顔が広く、鎌倉ッ子として早くから大佛次郎、佐佐木茂索などとも交渉が深かった。

里見久米を中心とした「湘南クラブ」の人々は、それからの一時期さまざまの挿話や実話を生み、舞台を里見家久米家にまで移して尽きることがなかったが、昭和十六七年の戦時に入ってクラブが消滅するに及んで、ここでの幕をとじることになる。

さてさて、故人を偲ぶうちに五十年前の昔話にうつつをぬかしてしまったが、里見さんの謦咳に初めて接したのは、それからまた十年後になる。妻帯した私が、東京から鎌倉へ引越したのが昭和十年、文藝春秋社に籍を置く一編集者に過ぎなかったから、先輩に対して親しく口をきかせていただくようになったのは、戦後文筆業に転身してからのこと、さらに十数年後という歳月があった。

一口に申せば、晩年の故人は下総の国なにがしの里に隠遁した一代の剣聖塚原卜伝を偲ばせ、われら後輩は居心地のよいいろり端に集り、居心地のよいまま事を起しては、大鍋の蓋で手もなく鎮圧されたのである。

故人の訃に接した日、私の妻は、私どもの娘二人が里見さんに可愛がっていただいたと、しみじみ述懐した。私は私で、冒頭に引用した旧い文章を読み返し、遠からず私も鎌倉を墳墓の地として、先輩に続くだろうと、さりげなく小庭を眺めていた。

（別冊かまくら春秋・一九八三年五月二〇日）

初対面　尾崎一雄を偲ぶ

尾崎一雄氏に初めて逢ったのは、大正十四年（一九二五）だった。当時私は二十一歳、尾崎さんは私より四つか五つ年長の筈である。

某日昼下り、市ケ谷左内坂の菅忠雄氏宅を訪ねた。菅さんは文藝春秋社編集部に籍を置く一方、「新感覚派」の機関誌ともいえる「文芸時代」の同人で、その頃すでに二三の短篇を発表し、横光、川端氏らと同期の若い作家でもあった。

菅家は左内坂を上って、中ほどの左側にあった。その日はじめてか、二度目くらいの訪問か、五十余年も前のことでたしかな記憶はないが、玄関へ取次ぎに出た人は、私と同年輩と見える断髪の女性であった。断髪は当時まだ珍しい風俗だから、印象に残り、文学志望の人かと想像した。

その女性が、それから数年して川端康成氏と結婚されたということを耳にしたが、深く心にとどめず、なるほどそうであったのかと思ったのは、私が昭和十年に鎌倉へ引越し、川端夫妻と時折りお眼にかかる機会を得てからのこと、ついこの一週間前に「川端康成とともに」という最新刊の未亡人の回想記を頂戴して、「菅さんは（中略）市ケ谷の左内坂に移りましたが、そこで私は川端に初めて会ったのです。（中略）大正十四年の五月だったはず」という個所を読み、すべてがはっきりした。

川端夫妻のことはそのまま措くとして、その日に私は、尾崎さんに逢った。

断髪の女性はいったん取次ぎに奥へ入り、代って顔を出した菅さんが、たったいま尾崎一雄君が帰ったばかりと私に告げた。菅さんは、私が尾崎さんの作品の話をよくするのを知っていたのだ。

「いま？」

「そう、その辺ですれ違うくらいだ」

それを聞くと、私は「また来ます」と云い捨て、玄関を跳び出した。

この時の前後の模様は、昔書いた文章があるので詳細を略すが、夢中で跡を追った私は、市ケ谷の堀っぱたで尾崎さんを捉え、九段下まで肩を並べて歩いた。俎《まないた》橋を、神田側へ渡った右角に、当時「赤鬼」というちょっと風変りな喫茶店があり、私はそこへ尾崎さんを誘った。二坪そこそこの狭い店で、床にはおが屑が深々と敷いてあり、その日先客はなかった。私は、コーヒー二杯分の小銭を持っていたが、椅子についた尾崎さんは酒を注文したので、ちょっと困った。志賀直哉の「大津順吉」の話になり、双方負けずに礼讃した。ちろりで二本の酒を酌み交わすうちに、おのずと親しみがわき、尾崎さん達のやっている同人雑誌「主潮」の様子なども聞いた。「主潮」には、尾崎一雄のほか、小宮山明敏という鮮鋭な短篇小説を書く人があって、私はひそかに尊敬していたから、そんなことも話題になったに相違ない。ロシヤ文学を専攻して、後に左傾し惜しくも夭折されたと聞いているが、その短篇はいまも再読してみたい。

二本目の酒が終ると、尾崎さんは内懐中からうこんの財布をとり出し、手早く勘定をすませた。この人は大人なんだと思い、私は恐縮するばかりであった。忠臣蔵の与市兵衛が持っている「縞の財布に五十両」のあれと同形の底の深い財布に片手を突っ込んだ尾崎さんの格好を、いまでもあざやかに覚えている。

尾崎さんは小柄であったが、きびきびした風格を持っていた。それが第一印象として後々まで残った。尾崎さんはまっしぐらに作家の道を進み、私がその驥尾に付したのは終戦後のことであった。

（連峰・一九八三年五月）

今日出海氏を偲ぶ

私は今さんと鎌倉だけでもすでに五十年のお付き合いを願ってきた者でございます。東京での最初にお目にかかった頃の数までもいれますともう六十何年かになると思います。去年の冬から今年の三月ぐらいまで、大変気候が不順でございまして、三月を過ぎましてもまだ春が来るのだか来ていないのだか、大変嫌な毎日が続きました。

これは年寄りや少し体の悪い人には、良くないんじゃないかと思っておりましたところが、五月に入りまして、今さんが一寸悪いようだという話を聞きまして、大体今さんは毎年十二月に入りますと、肺炎まがいの風邪を必ずひいて高熱を出される事が、例年続いて居りましたんで、今年はそれはなくて五月の事だから、そう大した病気じゃないだろうというふうに、我々考えまして、そのままにしておりました。

ところがどうも六月が終ってからも、元気が回復しないということで、奥さんから、どうもいつもと違うようで、元気が無いから、ちょっと会いに来てくれるように、という電話を戴きまして、私は今家を訪ねました。

どうもその時のお話ですと、食べ物を食べない、何を口許まで養って持っていっても、拒否をして口に入れないと、そういう話を聞きまして、

「そりゃあ今さん、せめて点滴でもしたらいいんだろうに」と、

「点滴は嫌いだ」という事でした。

「嫌いだろうけれども、ものが食べられないんでは、点滴より他無いんだから、奥さんもお嬢さんたちもみんな心配して、それを何とか今さんにやって貰いたいと云ってるんだから、どうですそれを始めたら」と私は勧めました。

丁度、朝顔市というのがございまして、あれは七夕の晩に朝顔市が立つんでしたかしら毎年私んところへ、朝顔の鉢を持ってきてくれる人がありまして、貰いまして、縁の外に置いてあったんですが、朝起きまして縁側の雨戸を開けるのが私の日課なもんですから、開けますと、その朝顔が一つ二つ咲き出しまして、朝顔ですから当然ですけども、朝咲いたときの朝顔はとてもきれいでございまして、非常に新鮮な気がするんで、それを見てますと、ああ今日は今さん何かきっと食べてみんなを安心させてくれているかもしれないと、そういう気持が毎朝いたしておりました。

雨が降った日などもありまして、朝顔の花がしおれていたりすると、今日は今さん機嫌

が悪いかも知れないなと、そういう気にもなったり致しましたが、皆さんの勧めで点滴をやることになった今さんは最初の病院を三日で出て来られてしまいました。自分で点滴を外しましてそして帰って来られました。

それからもう一度皆さんで勧めてもう一つの病院、今度臨終を迎えた病院、十三日ぐらいにそこへ再び入院して、それからまた点滴をつづけました。

点滴は二十四時間連続して行われたもので、その他には、相変らず何も、口から通すものを拒否して、ずっとそれを続けてこられたわけでございます。

私はその間も毎日朝顔を見ては、今日はいいんだろう、今日は少しいけないか、そういう事を朝顔の花で判断をしたりしていました。

どうも人間に出来る事はそんな事よりないように思われてくる時もございました。

病院で三度ばかり口を通した飲み物があったそうですが、私も病院の付添婦の人に聞いたんですから、はっきり申し上げられませんけども、豆乳というんですか豆腐を作ります前の牛乳のようなどろっとした汁ですけれども、それに何かビタミンでしょうか何でしょうか、体に元気がつくようなものを混ぜて、それを今さんに上げるとこれだけは三口召し上がったという事でした。

私は、今さんのお父さんは有名な菜食主義者だという事を昔から伺っていましたので、ああこれはもしかすると、お父さんと一緒に暮していた時の影響が今頃に出てそういうものならば喉を通すことが出来る、そういう事かもしれないなどと思っておりました。まさか、この三十日午後五時、お亡くなりになるとは到底考えられませんで、そんなことを私は考えておりました。

亡くなったのが三十日でございますが、二十九日に私が病院へ行きました時は、一寸痙《けい》攣《れん》がありましたけれども、その痙攣は脳血栓の方からくるもので、患者は苦しんでいないというような、お医者さんの説明がありまして、今さんは、眠り薬がきいているんですか、十二時ぐらいからやすらかに眠られていましたので私は病院から帰って来ました。

そんなわけでございまして、今さんの本日までの業績とかご経歴とかそういうものはすでに葬儀委員長そのほかの諸氏から詳しく御話がありましたから、私は一切その方にふれませんですけれども、今さんは仕事の上で青年時代から蓄積した学識経験の他に、大変優れた人柄を持っておられました。

芸術関係の仕事も文化関係の仕事も演劇関係の仕事もすべて、他の人には出来ないような業績を上げておられる事は私が申し上げるまでもない事です。

今さんはいろいろ面白い愉快な逸話を持っている人でございますが、今度の入院中でも、

「俺がいない俺の御通夜なんてものは、何か考えてみるととても不思議だなあ」と奥さんにでしたかお嬢さんにですか、そういうことをもらしたそうでございます。これは今さんの逸話がまた増えたような気がいたしました。

もう一つ私の忘れられない話があるんです。これも入院中の事でございますが、何も召し上がらない、ご近親の心配はみんなそれに集ったわけで、ある時一ばん下のお嬢さんののり子さんがアイスクリームを求めていらして、

「さあお父さんあなたの好きだったアイスクリームを食べましょうよ」

とすすめたそうです。すると今さんは微笑を浮べて、

「そうだよ俺も生きてるうちは好きだったんだけどね」と云われたそうです。

この言葉は私の骨身にしみました。ご近親への決別の言葉と思い、また今さんの心のやさしさがそういう時に実に柔かく細かな思い遣りをもって出ていると私は思います。

奥さんはじめ、お疲れの一日も早く抜けますように、なお友人代表としてお願いする次第でありますが、ご列席の方々にも今後いろいろお力添えを得なければならないことが、遺族の方たちの上に起りますような場合はどうか一つよろしくお願いいたします。私はどうも突然でございまして、その上にまだまだお話しすべきことが残っているに違いないのでございますが、長くなってもご迷惑だとこう思いますので、今さんのご冥福を祈りまし

てこれで失礼いたします。

（一九八四年八月一日・今日出海氏告別式弔辞）

通夜の谷戸　追悼・中村光夫

七月十二日。今年の梅雨は、鎌倉方面も異常であった。雨は少く、冷える日が続いて、夕方近く微熱を感じることがある。今日出海氏の奥さんから妻宛に電話で、昨十一日中村光夫君が「受洗」をすませた由伝言があった。

十二日は珍しく昼頃まで日が差していたが、夕方はまた曇っていた。妻が電話の内容を告げに来て、ついでに古いゴルフの靴下を置いて行った。さきほど、足もとが冷えてならぬと私が苦情を云ったからである。「受洗」のことには私は応答せず、胸に迫るものがあった。

暗くなってから、某紙の記者が来訪して、中村君の病状につき根掘り葉掘り質問する。素早い探訪だが、文学には関心のない人らしく、私の答が答にならなかった。

翌早朝早々と眼が覚めてしまい、何の気もなくラジオ・ニュースに手をかけると、ほとんど間を置かず中村君の訃報に接した。

同じ鎌倉うちに在住して三十年か、その間一度だけ玄関までゆき挨拶をした覚えがあるのみ、ここ二三年の間、数人の人達から氏の病状は折りあるごとに伝え聞いていたが、私は遂にお見舞には上っていない。自分の非礼はかねて承知していて、なお胸に迫る感慨があった。

元気な頃の中村君とは、昭和三十三年以来毎年東京で同席することになった。「芥川賞」の委員を私が引受けたからだが、五十二年同委員を辞任すると、四十八年創設された「川端康成賞」で再び年一回必ず顔を合わせた。同じ車で鎌倉まで帰り、八幡宮前で別れるのが例になった。

同賞第十回は、昭和五十八年で五年前のことになるが、席上洗面に立つ時、中村君は左右の腕を若い部員に支えられなければ歩行が困難であった。宿痾の糖尿病は、食餌療法の制限がいろいろ厳しく、体力消耗の結果だと同席の人に事情を教えられたが、眼前にした印象は激しく、昨年同席した時の健康そうな起居を、繰返し思い出さずにはいられなかった。

しかし、それから五年間の療養生活中に、数篇の短篇小説と、身辺をそれとなく記した随筆類を一本にまとめられた。世評も高かったし、私小説風な滋味が、病床の静謐さを偲ばせた。

この三月頃か、中村君は奥さんに附添われて、裏駅に近い歯科医に通っているが、どうも容態はよくない様子だと知人を通して聞いた。はじめ私は、玄関まで中村家を訪ね、奥さんに見舞を申述べてすぐ帰ろうと考えていたが、これも余計な動きと思い直した。諸作にただよう静謐さをいささかも乱してはならぬし、老残者の風体を奥さんの眼にだに写してはならぬと、自身に釘を刺したりもあった。

「文学界」が特異な文学雑誌として認められたのは、すでに文化公論社や文圃堂時代からのことでもあったろうが、昭和十一年文藝春秋社菊池寛が、その発行を肩代りして経営面の心労がなくなってから、さらに文壇の注目を受けることになったと云える。一時は中堅作家新進をふくめて同人数は二十六氏に及んだと、ある文学辞典に記載されているのも、おそらくその前後かと思う。老来そのような記憶が端からあいまいなのを恥じる。当時私は文藝春秋社の一編集部員で、一時期この同人諸氏が誰かしら編集室に出入したのを覚えている。

故人にとっても「文学界」同人当時の動静は、忘れ得ぬものがあったに相違ない。
川端康成、小林秀雄、今日出海、林房雄、深田久弥、中村光夫と、鎌倉在住の同人名だ

けでも六氏が挙げられ、里見弴、真船豊も一時期名をつらねたのではないか。それらの人々はすべて故人である。

林房雄は、鎌倉東部の谷戸、報国寺に続く宅間ヶ谷の奥に住んでいた。林は思い立てば時を選ばず友人宅に現れ酒宴を強要したりしたが、自宅を友人が訪ねることも大歓迎で、電話で鎌倉うちの人を呼び集めるような業も、常套手段とした。

某年某日、五六名あるいは六七名と、谷戸の一軒家、林家は周囲をはばからぬ賑やかさであった。小林秀雄、今日出海その他が主座を占め談論しきりの最中、明けひろげた隣室から、声高な論争が聞えて、その方へ私は視線を向けた。

林と中村が対座して、正面切ったという形である。

正座した中村は、口もとに静かな微笑を浮べ、次ぎの一語をゆっくり林に向って云った。「もっと殴ってくれ」

林の拳は間を置かず、「よし」と云いざま中村の頭部を続けさまに二つ三つと、遠慮なく打ちつけた。「それでいいか」

「うん、もう一つ」と、中村は眼を林から離さず笑顔になった。林は拳が痛んだのかも知れない、「もういい、向うで呑もう」と、われわれの席へ移ってきた。

故人の享年を七十七歳と聞き、私はまたこの時の肖像を、鮮やかに想起した。私は中村光夫を思う時、いつも「若い」という言葉なしにはその風貌を描けないで来た。七歳年長ということが、私の記憶に深く刻まれていたのだろうか。

中村光夫の業績については、適当な人々が触れるであろう。ちなみに、中村は私と同様東京生れであった。

通夜のたそがれ時、会葬の人々に立ちまじって、私は古風な木造洋館を仰いだ。讃美歌の歌声は、木造洋館にふさわしく、未亡人の献身的な看護の日々が、実に自然に胸に来た。一度も見たことのない光景が、夏木立に包まれた洋館の内部に、やさしい光りと共に転回した。（七月二十三日）

（文学界・一九八八年九月）

大きな窓

悼山本健吉

もう十何年前になるか、ある新聞の文学賞詮衡会の席で、毎年山本さんにお眼にかかるようになった。起居の静かな人であった。時は移り、私はある文学賞委員をふたたび引受けることになり、また毎年山本さんと同座するようになった。

前の賞は、小説、評論、詩歌俳句と部門が多く、なかなか気忙しい会だったが、終って雑談に入ると、山本さんははじめ真顔で、「あなたは俳句となると、石田波郷しか認めないから困る」と笑顔になった。この日俳句の詮衡がもめたのでそんな話になったのだが、私も笑顔で、「そんなことはありませんよ」と応じたことをよく覚えていた。

今度は、小説だけの賞であったが、山本さんは物静かながら、細かに適確な論議を加えられ、その物腰にさわやかなものを感じた。いつも気張らず、候補作品の長所を明らかにされた。最近私は東京に出ることは稀になり、山本さんにお眼にかかる機会を失ったが、仕事部屋には『句歌歳時記』『与謝蕪村』『古典詞華集』その他、山本さんの著書数冊が常時机辺に置いてあり、疲れるとそれを取り上げて心を洗うのが習慣になった。

わが国の古典文学鑑賞の窓を、山本さんは大きく明るく開かれた。さりげない文章の中に、鑑賞の根の深さがあり、鑑賞のよろこばしさが、われわれの胸にあたたかに伝わってくる。

最後の入院では、三十七キロまで瘠せられたと、人から聞いた。私は頭部が大きいので、重ね着をしている時はそれほどに見えないらしいが、ほんとは山本さんと同じ位だと自分の体を思い浮べた。

もう一度お眼にかかりたかったと、切ない思いが消えない。

（俳句・一九八八年八月）

鉱泉宿　大岡昇平人と文学

窓に向けて粗末な机を据え、絣の一重物を着流した大岡昇平が、原稿用紙と取組んでいる。窓外に西日が射し、軒に二三個のへちまがぶら下っている。着ているものや日射しから、初秋らしい。横顔が若々しく、十三年頃か、大岡は三十代そこそこのはずである。あまり記憶がはっきりしているので、あるいはそういう写真を忘れずにいるのかも知れないと思直しもする。水洗いの悪い写真は、時を経るにしたがってセピヤ色に変色する。大岡を主人公にした画面もそれなのだ。

この西日と、ぶら下ったへちまと古畳の部屋は、鎌倉扇ヶ谷にあった小さな鉱泉宿の二階である。間違なく覚えている。鎌倉は、昔から飲料水に困っていた。鎌倉十井とかなんとか名をつけたものが、いまだに碑だけ残っているのはその証左で、井戸を掘ってもろくな水が出なかった。せっかく掘っても茶色に濁った水ばかり湧いてくるので、これを利用したのが鉱泉宿である。この米新《こめしん》は、階上階下いわゆる素人下宿ほどの間数だが、米新の前をもう少し奥へ入ると、香風園という宴会の出来る構えの宿屋もあった。庭が広く連れこみ用の離れが点在した。この他二階堂にも一軒、海寄りにもこの手の宿が所々にあったと思われる。

大岡は扇ヶ谷の小林秀雄の家へ出入りしているうちに、ここを見つけて籠城したのではないか。小林家に一時寄宿していたこともあったので想像が及ぶ。この前後だったと思う、小林に出逢うと、「おい、この頃大岡の書くものはどうだ」と、よく訊かれたものだ。考えをまとめてから応答すべき問題だから、少し手間がかかる。すると小林は、「やっぱり駄目か。仕様のない奴だな」と、矢継ぎ早やに口外する。「そんなことはないさ」と返事をする間がない。

そういうことが、二度も三度も重なった。それで、鈍感な私にも分った。小林の言葉と腹の内はまったく別で、誰か他人の口から大岡の近作を取り上げさせ、「そうだなあ、文章がちょっと締ってきたかな」などと、それとなく評価したくてならぬのであった。

その癖当人同士顔を合わせ、作品評のいとぐちが切られると、「なんだ今度のお前のものは、なんにも書けちゃあいないじゃないか」と云う調子になる。大岡が笑顔で、「あれは第一回だよ。お前さんのように、最初からぶちまけちゃあ、小説になりませんよ。へへへ」と、来るなら来いと身構える。

脇にいて、実にうらやましかった。こういうのが、ほんとうの師弟だと思うのである。師匠はこの弟子が可愛くてならない。それをまた知り尽した弟子が、自在にじゃれて見せる。

戦後二十一年、「新夕刊」新聞創刊の話を持ってきたのは小林秀雄である。「お前はソロバンが弾けるから、そっちを引受けてくれ」と小林は私を見るなり云ったが、これは大間違も甚しかった。なにも出来ないが、金勘定は一番駄目だった。とにかくこの筆法で、林房雄、河上徹太郎、横山隆一、同泰三、清水崑など、手当り次第にスタッフを集め、大岡昇平もその中に入っていた。吉田健一などは、敗戦直後には仕事らしいことはなかったので、そういう人集めが可能であった。戦地を歩いたままの、先きのパクパクする軍靴でやってきて、G・H・Q係という役に着いた。

大岡はフィリッピンから帰還して、神戸から上京し、「新夕刊」の話を聞いたまま転がり込んだのだと覚えている。

爆撃でやられたマルノニという旧式な輪転機を応急修理して、とにかく四頁の夕刊は出たが、集めた古活字が種々雑多で記事が読めない。手間をかけ新聞を刷るよりも、輪転用の新聞紙を裁断して、白紙で売る方が儲かるという状態だった。これにはさすがの大岡も驚いたらしい。一月も経たないうちに、一度神戸へ戻ってくると云った。なにも役に立たないで済まなかったと、私は心底から詫びた。いや俺こそ転がり込んで済まなかったと、大岡は頭を下げた。大岡君と尋常に問答したのはこの時だけかも知れない。

小林秀雄は昭和五十八年三月一日死去した。その三回忌の法要に、北鎌倉東慶寺へ詣で、墓所を入ったところで大岡夫妻の後姿を認めた。

大岡は夫人の肩を借りて、とぼとぼという形で石畳を歩いていた。後ろから声をかけると、立止って私に路をゆずり、やり過ごしてから、「おいお前さん、脚が確りしているんだねえ、俺はこれだよ」と、微笑した。

これが、彼に逢った最後である。

連載も書いているし、この頃は元気なのだとばかり信じていた。

みんな行ってしまった。

要するに、そういうことであった。

（新潮・一九八九年三月）

短篇小説

冬の梢

1

初冬の昼前は、家の中の方が冷えている。

庭から縁先きまで、いっぱいに日をうけながら、家の中は昼近くまで冷える。好日が続くので、つい冬仕度をおろそかにしていると、急にこんな朝が来て足もとから冷え込んだり、肩が寒かったりする。和風の古い住宅には、よくそんなことがあって、心細い思いをする。その朝の峰林の家がそれであった。奥さんが気をきかして、掘り炬燵に今年初めて電気コンロを入れたのが役に立った。

奥さんが台所から茶の間へ、茶道具を運んでくると、峰林が掘り炬燵に背をこごめて坐っていた。夫妻とも、もう七十を越えている。

「助かったよ、コンロを入れてくれたんで」

「驚きましたね、お台所に立っていると、足が冷えて」

「いい天気なんだが、一遍に冬がきた」

峰林の前に、まだ開き切らぬ山茶花の蕾が二粒三粒、炬燵の上板にころげている。

このところ、毎朝のように鶸《ひわ》がやってきて、庭の山茶花の花を荒す。峰林はそれが気になって、起き抜けに庭へ下り、落ちていた蕾を拾ってきた。

「また、やりましたね。可哀そうに」

湯呑みに茶を注ぎながら、奥さんがそれを見つけた。

「いっそ、食べてしまうんなら我慢もなるが、口惜しいよ。切角の蕾を」

峰林は、永く出版社に勤め、停年後しばらく重役にも名を連ねたことがある。

「けさはね、松茸御飯にしましたよ」

「それは、いいな。あの松茸、まだあったのかい」

「一本だけ、とって置きました」

「とにかく今年も、松茸の匂いに与った訳だ」

二口三口、食事に入ったところで、縁の外に人が立った。久保と云う、これも相当な老人である。小柄だから、老けて見える。

「いい天気だから、ちょっと顔を見て行こうと思って」

久保は内輪の人のように、心安くガラス戸を引き、

「おや朝飯か、いつもこんなに遅いの」

と、そのまま縁へ腰を下した。

「ゆうべ、少し夜更しをしたもんだから」

峰林は、その背中に応じて、

「ちょうどいい。一口、つき合わないか。松茸めしだよ」

「ほんと。その代り、まったくの一口ですけど」

奥さんも口を添え、掘り炬燵を立とうとする。

「どうぞ、おかまいなく。今年は蜘蛛が多くってね、油断するとこれだ」

久保は鳥打ちをとり、それでがむしゃらに顔を拭った。

「庭木戸から来たんじゃ、たまらないよ。このところ誰も通らないもの」

十年前、峰林は久保の口ききで、この家を買った。久保はこの土地の生れで、駅前に親の代から店を持っていたが、今年ビルを建てると云う土地会社に売り払って、息子達に財産を分け、峰林家の近くに小ぢんまり住んでいる。自分の才覚では、店はもうやって行けぬと見切りをつけた。

「急に寒いと思ったら、北海道から岩手まで雪だとさ。旭川じゃ、スキーが始った」

「けさは、まだ新聞も見てないんだ」

「ゆうべ夜更しをしたって、お客さんか？」

「いや、いや。このところどうも寝つきが悪い。歳時記を読み出したら面白くって、気がついたら、一時過ぎていたよ」

「――歳時記って、なんだ」

「春夏秋冬の自然や催し、俳句を引用して、事細かに書いたもんだ。そんなことはどうでもいいんだが、その冬の部を見ていると、いろいろな動物が出てくる。例えば、熊を捕ると天候が急変するとか、関八州の狐は昔、大晦日の晩に王子稲荷の榎の下へ一族が集って、来年度の親分子分の順位をきめたので、あの辺一帯大した数の狐火だったとか、野兎はあんな長い後脚を持ってるくせに、丘を下るのが拙劣でよく転倒するとかね。その調子で、鷹や鷲、ふくろやみみずくまで、冬の部に入っていたよ」

「そうか、そんな夜更しの法もあるんだね」

「羚羊《かもしか》って、知ってるかね。内地の高い山に棲んでいるそうだが、山羊と大きさや格好はそっくりだが、雌雄とも短い角をはやして、毛色は茶がかっているそうだ。この頃は乱獲で、めっきり数が減ったらしいが、厳寒期には、寒立《かんだち》と云って、よく早朝の絶壁の突端や、高い岩の上に姿を現す。そのまま数時間じっと起立したまま、どっかを見ている習性があると云うんだよ。格好な雌でも捜すつもりかね。しかも、連日同一の場所に現われるそうだから、猟師にとっては有難い、寒立を狙い撃ちだよ。岩も絶壁も、猟師のひそんだ木立も、一面の雪景色に違いない。その中で、どーんと一発、銃声が木魂したかしないか、高所から羚羊が雪に落ちる、しーんと静まり返る。そんな一瞬の、凍ったような光景が見えてくるんだ」

奥さんの運ぶ茶を、久保は会釈してうけた。

「お宅の旦那様は、俳句を作るんですか」

「俳句ですって？　とんでもない」

「ねえおい、冬の部にはもう一つ、冬眠ってものがあった。リスやこうもりのように、年中ちょこちょこする奴が、冬眠するんだそうだ。いいね、人間も七十過ぎたら、十二月から三月頃まで、毎年眠らせて置いてくれると助かるぞ。呑まず食わずで寝てりゃあいいんだそうだから、第一経済的だしね。羚羊の一発みたいな、心不全や脳溢血にも逢わずにすむ」

「体外受精とか云ったな、とっ拍子もないことが始まる世の中だから、冬眠だってそのうち出来るかも知れないぜ。——あの記事を読んだ時は、つくづく思った。どうやら生きてはいるが、おれなんか、いよいよ落ちこぼれだとね」

「落ちこぼれは、お互いさまだよ」

峰林は、そう呟いたが、

「――あれは去年か、一昨年だったかな。勤めていた会社の秋季旅行に、おれ達昔の生き残りを招んでくれて、松島へ行ったんだ。生き残りが三人ばかり、久し振りに顔を合わせた。社長だって社員だって、十も二十も若い。気がついてみるといつも老人三人がぽつんと一しょにいる。新幹線の中でも、創立五十周年の宴会の席でも、朝起きて小梅をしゃぶって茶を喫んでいる時も、おれ達三人は一組なんだよ。仕様がないから、窓から松島湾を眺めているとね、小さな島大きな島、どれもこれも松の木らしいのが、島いっぱいに、水際まで繁っている。箱庭なんてもんじゃない、これは日本国の模型だなと思った。繁っているのは松じゃあない、一億何千の人間が、滑っちゃいけない、落っこっちゃいけないと、小さな島に必死でへばり付いている。よくまあ、おれ達は落ちこぼれしないもんだ。そう思って、昔の仲間の顔を覗いたよ」

「新聞の死亡欄を、毎朝まっ先きに見るのと同じだ。この秋以来高齢者の折れ口が、実に眼立つからな」

「それだけ、へばり付いた年寄りが多勢いると云うことだ。毎朝毎朝、ずらりと七十過ぎの故人の名がならぶんだから」

「名誉教授と云う肩書が、とても多かったろう?」

「そう云えば、そうかも知れない」

「実は、それがかねがね分らなくってね、普通の教授と名誉教授と、どう違うかって佐野さんに質問したよ。そうしたら佐野さん、おれもその一人だって云う。あんた偉いんだなあって、佐野さんの顔を見直したら、さんざ笑われちゃった」

佐野は、二人の共通の知人である。

「よかったね、当の名誉教授に、名誉のいわれを聞いたんだから、間違いなしだ」

と、峰林が破顔して、

「一昔前は少かったから、多少尊敬したもんだが、この頃は現役も退職も、大学の先生は掃くほどいる」

「もとを話すとね、大学病院のなんとか部長が、薬屋の上わ前をはねたり、入学試験をおとりに袖の下を請求する教授がゾロゾロ。分け前の争いで、仲間を殺す奴まで出てきて、こうも面の皮の厚いものかとがっかりしている最中だから、永年勤めて悪いことをしなかった人物に、特に与える称号かとかん違いしていたんだ、恥かしかったよ」

「佐野さんなんか、おれ達と気軽につき合って、頭の高いところはない。大学の先生にしてはよく出来た人だよ」

「その死亡欄の名誉教授の中に、八十二で死んだ人があってね、昔高校時代に、いまのカツどんを発明した人として知られると、履歴の一番終りに附け足してあった。ここだけが明るかったよ」

このいい天気に、邪魔をしてはならぬという風に、久保は腰を上げて、

「蜘蛛の多い年は、雪がよく降ると、山形だったか秋田だったかに、云い伝えがあるそうです。たのしみですね」

と、茶の間の奥さんに声をかけた。

「おや、久保さん、雪がお好き?」

「好きと云うと子供っぽいが、どうせ降るなら、二三日この辺の庭が白い位積ってくれた方がね。どうです、賛成しませんか」

「まあ、お若いのね」

「天からの贈り物も、せいぜい、こんなところになりました。しかし、羚羊にはなりたくないもんだ」

「――かもしか、ですって?」

久保はそれを聞き捨てに、庭木戸から帰って行った。

「けさはあなた、珍しく話込んでいらっしゃったわね、何を?」

「何をってことはない。それからそれと、雑談だ」

「久保さんとこ、娘さんとうまく行ってないらしいって、佐野さんの奥さんが……。だか

ら、そんな話かと思って」

「知らないね。あいつは、家の中のことを云わない男だ」

手庇をして、峰林は空を仰いだ。

2

十一月二十日過ぎに初霜が降り、月が変ると本腰に寒気が厳しくなった。この冬は寒いという予報の前触れかも知れない。

久保は、裏駅から山手へ十分ほど奥まった佐野の家を辞し、途中長男の家へもちょっと寄ってから、踏切りを渡って自宅へ戻った。

襟巻を深々と巻いた久保は、真新しい小ぶりなリュックを背負っていた。小さな町で、駅前を離れると八時過ぎには戸締りをする店ばかり、そんな横丁横丁を近道をして帰った。踏切りを渡る時、頬に触れるものがあり、みぞれだと思った。足もとからレールの光りが伸びて、闇に消えていた。

小戻りして駅に行きさえすれば、これから一時間で東京の真ん中に着くと、久保は人なつこいもののこみ上げてくるのを感じた。みぞれの誘う感情かも知れない。

片付けにかかった八百屋と、これだけは明るい薬局の狭い横丁を入ると、久保の家が中ほどにあった。鍵は二つ、長女と久保が持っている。玄関を入ると水を流す音がして、長女が湯を使っていると分った。

リュックを外し、湯殿に声をかけた。内と外で、二三応答があって、久保はガス・ストーブの火を強目に、そこへ坐った。長女は三年前に離婚して、父の久保と同居、四十二三になる筈である。パートタイマーとか、知人の家事手伝などで昼間は不在が多い。長女の離婚後半年足らずで、久保の長患いだった妻は病死した。

久保はリュックの濡れを拭い、二三個所チャックを引いて、缶詰その他の品物を取り出した。すべて非常食、あるいは急場に必要な薬品などばかりである。

「お湯、入りますか？」

風呂場の戸が明き、長女が云った。

「入るよ、寝る前に」

「──なあに、それ」

続いて座敷の襖が半分引かれ、ピジャマの長女が立ったまま髪を始末していた。

「佐野さんに頼んで置いた、非常食その他だ」

「佐野さんの弟がやってる会社の、あれ」

「一《ひ》と通り、備えて置いた方がいいからな」

「だってこれだけじゃ、お父さん分一人前じゃない」

「ちゃんと、みんなの分まで買ってある。吉郎が、お前の分は届けてくる」

近所に住む長男の名が出た。

「あら、雨じゃないわね」

「みぞれまじりの雪だ。おい、魔法瓶をよこせ」

リュックから、久保が最後に取り出したのは、ポケット・ウイスキーであった。

「あたしにも、少し呑ませて」

魔法瓶とコップと、柿を二つ三つ長女が運んできた。

「きょう行った家の、庭に生っていた柿よ」

「——お前は、四十三か四か？」

「なによ、突然」

「おれは、お前の世話になるつもりはないからいいが、いつまでも行き当りばったりの暮しをしていると、いまに困るぞ」

「あたしも、お父さんの傍に、そうそう長くいるつもりはないわ。一人じゃお父さんの方が困るでしょ」

「丸二年、お前はこうしているじゃないか」

と、久保はウイスキーを注いだ。体が温まってくると、佐野のところで馳走された酒の酔いが、表に出てきたらしい。

「けさ、健康診断に行ったんでしょ、なんでもなかったの？」

「おれのことは、おれがする」

「相変らず呑んでいるらしいって、兄さんが心配してるわ。自分じゃボケないつもりらしいが、この夏なんか、甚平を裏返しに着て、駅前を歩いていたって」

「おれのことは云うな。パートだかなんだか知らないが、あっちの家こっちの家と渡って歩いて、なんになる」

「そうやって働いているからこそ、お父さんや兄さんを当てにしないでも生活出来るんじゃないの。あたしだって、自分のことは自分でやってるわ」

長女はホット・ウイスキーを、馴れた手つきで傾け、柿を噛じった。

「そんなことではない。お前も後三十年は生きなきゃなるまい。大事な三十年だ、いまから心がけて、もう少し身になる生活をしたらどうだと云うんだ」

「身になる生活って、そんなに容易く出来るの？　ここの家の家事はあるし、いくらか増しの職場は、みんな人間がギッシリ詰まっているのよ。そんなこと思ってるから、ボケたと云われるの」

「お前たちは、老人を見るとボケと云う。老人は年を取ったので、ボケじゃあない。ボケはお前たちだ。若いくせに、楽をしたがる、重いものは持ちたがらない。その方がボケなんだ。少し、考えてみろ。たしかに、おれは甚平を裏返しに着て駅前を歩いた。その朝、おれはお前や吉郎の先き行きはどうなる、少しばかり金が入ったからと云って、上わついているようでは困ったもんだと、起き抜けから考えあぐんでいた。それが胸につかえて、甚平の裏表なんかどうでもよかった。スウェーターの裏返しなんか、この頃毎朝だ。それをボケ扱いする奴がボケなんだ」

　この夏の記憶を、久保は思い出した。

　大手の銀行が駅に近く支店を出すということで、土地会社が久保の店を含めて四五軒の個人商店に、買収の相談を持ちかけてきたのは今年のはじめであった。数年の不景気に喘いでいたのは、個人商店の方だから、話はとんとん拍子に進み、一応まとまった金を手にしてみると、一時に身軽さを覚えたり、大事な処に釘を一本打ち忘れたまま、うまく持って行かれたような不安を感じたりしたものであった。長男には現金を分け、現在の家は将来長女に与えるつもりで、久保相応の手配を済ませたが、長男はその金を握ると、仲間と喫茶店を開くと云い出したり、長女は私にも現金をこの際分けて貰いたいと、底の浅い料箇ばかり示すようで、金を入手してからの方が心労は絶えなかった。

久保の他数軒の商店主は、買収の話が具体化してからは始終連絡を取り合い、ほぼ結束も乱さずに事を運んで、話が本ぎまりになるまで比較的落着いた日々を過した。久保同様地つきの者ばかり、親の代からの店を取りこわすという日などは、みな朝から顔を揃えて工事を眺めたりした。これで落着くと口に出して、それ相応の感慨を洩す者もあったが、根もとから切り取られて瓶に挿されたような、頼りどころのない日が、翌朝から彼らを待っていた。

甚平を裏返しに着ての笑い草も、この仲間の口から拡がった。連中はこれを縁に今後もお互い力になろうと申し合わせ、当番を作って何回か寄り合ったものだが、銀行支店の杭打ちも出来上らぬうちに物故した者があり、当番制は自然消滅して、そのうち、裏駅まで散歩がてら出て来ぬかと云う誘いの電話に変った。駅前広場はバスの発着に占領されてしまったが、裏駅には四五脚、広告入りベンチの並ぶ空地がまだ残っていた。七十過ぎた顔がそこに集り、雑談する常連のようなものが出来た。なかなか抜け目はなく、今日は寒いとなれば、表駅のデパートの各階入口脇にある休憩場へ、召集場所を移動した。みんな老人には成りたがらないが、それがそのまま老人達の姿だとも感付いてはいなかった。

「――お湯はどうするんです、入るの?」

「もう、いい」

「そんなら、早く云って呉れりゃあいいのに、大沸きだわ」

「ガスを消しながら、天気を見て来い」

久保は少し、口がもつれた。

その辺の缶詰物や小箱を、真新しく見えるリュックに納め直してから気がついた様子で、服の内懐中へ手を入れた。

「あたし寝るけど、ストーブ消してくれますか？」

「雪は、どうした。降ってるのか」

「小雨らしいわよ。あしたの朝、診断の結果を聞かなくっていいのね？」

「——これを読め」

と、紙切れを、久保はさし出した。

「新聞の切り抜きじゃあないの」

「黙って、読んでみろ」

小さな新聞記事で、見出しは「お世話になりました」傍題に「小6男子が自殺」としてあった。

小学校六年生の少年が、午後五時半頃帰宅し、夕食後とあるから、短日の黄昏れ過ぎての出来事であろう。少年は母親に「お世話になりました」と声をかけて外に出た切り帰宅しないので、心当りへ電話したりして捜していたが、午後六時頃自宅東側外にある便所の窓枠、高さ一・六五メートルに結んだ縄とびの縄を首にかけ、外壁に寄りかかるように死んでいた。

野球好きの明るい少年で、特に変った様子はなかったというが、外出時の状況から、警察は自殺とみて、家族から事情を聴いている。

長女が眼を通した記事は、極力記者の憶測を避けた、いわば報告に終始したものであった。

「可哀そうねえ、どうしたって云うんだろう」

この記事を読めば、誰も最初に思うことを、長女も呟いた。

「この新聞、きょうの?」

「佐野さんのところで、お前に見せようと思って貰ってきたんだ。お前でも可哀そうと思うか」

「お世話になりましたなんて、子供にしちゃ芝居がかっているけど、ほんとにそんなこと云ったのかしら。これだけの記事じゃ、この子の考えていたことも、お母さんの扱いも分らないけど、小学校六年生の男の子が自殺したそうだ。可哀そうにって、どうにもそれだけの記事じゃあない？」

久保は、長女の手から切り抜きをもぎ取るようにして、ポケットへ了い込んだ。一度に酔いの出た仕草であった。

「どうして、あたしに見せようと思ったの？」

「こう云う事実が、あったと云うことだ」

と、ポケット・ウイスキーを注ぎ足し、残りすくなの瓶を長女の膝に投げた。

「この子には、死ぬのも夢の一つだった。だから、首がくくれた。理窟を云わずに、素直にそう思え」

「子供は夢だったか知れないけど、お母さんはどうしたらいいの、夢だと思えと云うの？」

湯上りの体を、長女はストーブに寄せた。

「――寝るから、ガスを消せ」

久保は片手にリュックを下げ、階段へ足をかけたが、そこでゆっくり振返った。

「お前に、連れ子があったら、どう考える。産んだことはないから、知らないと云うか」

「そんなことを私に云いたくって、切り抜きを持って帰ったの。まるで仇同士じゃないの」

長女の涙声に重ねて、二階の久保の部屋で眼醒しが鳴り出した。しばらくそんな、雪の夜の間があって、

「あした、診療所へ行って、おれの結果を聞いて来い」

と、久保は二階へ上って行った。

3

峰林は、元勤めた出版社の子会社に籍が残っていて、月に何度か、午後から顔を出す。駅のホームで、佐野と一しょになった。佐野も一週に一度は、退職後も出かける先きを持っている。

「ちょっと、新聞を読むよ」

「うん、こっちも読む」

それで、話は通じた。五十代から交際がはじまり、現役を退いたのも、それほど差はなかった。

横浜辺りで、朝刊をたたんだ。

「このところ、急に紅葉が濃くなって、散歩が楽しみだね」

「一番紅いのは櫨《はぜ》だと思うが、夕方がとてもいいな」

「十一月末から、夕焼けが冴えてきた。おれのところは低地だけども、雨戸を締めるのが惜しいくらいだから、君んとこは奇麗だろう」

「その代り、風当りが強いし、夕方冷え込んでね」

佐野の家は、裏駅から十分ばかり高台へ上り、かなり大きな寺の境内を抜ける。

「久保が、寄ったそうじゃないか」

「例の、非常食を頼まれた」

「ああ見えて、なかなか用心深いんだな」

「その次ぎ取りに来た時は、一しょに呑んだよ」

「君の家でか?」

「相手が欲しい時で、いい客だった」

自然に、久保の噂になった。

「あたしのところでは、名誉教授の一件を話して行ったぞ」

「——ああ、あれにはてれた。面と向っての問答だから」

「知らない事柄は、知らないと断って、根掘り葉掘り聞くだろう」

「ちゃんとした人物だよ、あの人は」

「親の代から、駅前で商売していたそうだが、土地の人間のずるさがない。あたしが土地を頼んだ時も、実によく世話をしてくれた。この頃、ああいう型の人間が少くなったね」

「この間呑んだ時は、君の冬眠説に感心して、しきりに講釈していた」

「説と云うほどのことはないよ。それよりも、例の人工受精さ。あれは、鮭の受精とどう違うのかって、議論をふっかけてきた。ああ云うことは、とことん気に入らないんだ」

「それから、ボケだ。黙って聞いていると、どこまでボケ扱いされるか分らない。おれ達は年を取ったので、ボケじゃあない。一一抗議すべきだ。寝呆けやとぼけは、特にこの頃若い奴の方に多いと、いきり立っていた」

横須賀線は、品川駅から地下に入る。

二人は新橋駅で、環状線に乗り換える。発着ホームは地下二階になっているらしく、そこから階段を上って、さらにエスカレーターでもう一段階運び上げられる。

一時過ぎと云う時刻で、上りと下り、二列に上下するエスカレーターは空いていた。

「おい、久保君だ」

と、佐野が下ってくるエスカレーターを指した。久保は、回転手擦りに片手を委せ、なにかおぼつかぬ視線のままそこに立っている。

上りと下りの接近する中で、「久保君、久保君」と、峰林が手を振る。

久保が二人に気づいた時は、二人の方が上になっていた。

佐野と峰林が、上り切ったエレベーターの脇で待っている。久保はいったん下まで運ばれて、手間をかけて戻ってきた。

「やあ、どうも。こんなもの、不便だねえ。すぐそこにいる人に寄って行かれないんだから」

「下りてくる恰好が、なかなか個性的だったぞ」

「――個性的？」

「テレビ・ドラマの人物みたいだった」

「二人で、君の噂をしたとたんに、君が立っていた。おれ達は有楽町だが、君はどっちへ行くんだ」

三人は駅を烏森口へ出て、そばやに落着いた。この辺には、東京の庶民の町がいくらかまだ残っている。

「あんた達に逢えて、ほっとした。このまま帰るのはもの淋しいなと思っているところへ、声をかけられた」

「どこへ行って来たんだ」

「――芝の病院へ、九時までに来いなんだ、七時台の電車だよ。親戚の医者にバリュームを呑まされ、高周波のなんとかその他で調べられて、やっと帰ってきた」

「結果はどうだったんだ」

「十二指腸と、胃潰瘍は前科があるから、どうせその辺だよ」

「他人事のように云うなよ。親戚の医者なら、話はあったろう」

「娘を行かせて、聞かせるよ、心配させてすまない」

「おれ達は、来たばかりで、一しょに帰る訳にはゆかないが、一人で大丈夫か？」

「平気、平気。一人で早起きして、とっとと出てきたんだもの。せっかく逢えたのに一人になるとは、ちょっと辛いじゃないかと云うところだ。そのうちお邪魔します」

出逢った場所が場所だから、その時はそんなことで別れたが、十二月に入ってから峰林のところへ、駅前で久保の店と隣り合わせで商売していたという人物から電話があった。

久保の娘が来ての話では、本人が考えているほど病状は簡単ではないらしい。あなたの云うことはなんでも素直に受け入れるから、じっくり話をして貰えまいかと云うことであった。

新橋駅で出逢ってから、すでに一週間になる筈である。親戚の医者が付いているのに、余計な口をさしはさむまでもあるまいと、控え目にした峰林は責任を感じた。

佐野の助力を頼んで、峰林は久保を呼び出し、極力入院をすすめた。

（後日、長女の談話に依ると、その翌朝縁の椅子にかけて永い間日向ぼっこをしていた久保は、入院中自分に付添ってくれるかと長女に尋ね、当然のことだと云う返事を聞くと、にわかに柔和な顔を見せた。

二三日霜が厚く降り、庭に霜柱が立っていた。久保は縁からサンダル履きで庭に下りて行き、霜柱を二三度踏みしめてから、

「癌というのは、霜柱のようなもんじゃないかな」

と、長女に向いておだやかに話しかけたと云う。）

4

久保の入院は、病室待ちと云うことになった。自宅に近いところをと云うのは誰も望むところで、川崎の病院を紹介された。持って行く物の整理もすんで、久振りに長女はパーマネントをかけに出た。

重く曇って、また雪になりそうな午後であった。

長女は三時過ぎに帰宅した。二時間ばかりの外出だったが、久保が家にいない。峰林の家へ挨拶に行きたいと云っていたから、それであろうと思った。入院と定ってからは、何

事につけ素直で人が変ったように思われたので、峰林のほか二三の人にも逢ってくるつもりかも知れぬと、楽に考えた。

雪が降り出した。急に降りしきって、テレビの音響が家に籠った。長女は、長男の店へ電話をし、峰林の家へもかけてみたが、久保は来ないと云う返事だった。夜が来ていた。電灯を点けると、縁のガラス戸に雪が激しく吹き上げてきて白い。夕食の副食物は外出の帰路買ってきてあったので、支度にかかったが、落ちついて一ヵ所に居られぬ気持になった。雪降りの日が好きなのは知っているが、現在の体を冷やすのは無謀である。

佐野の家にも、一しょに土地を売って以来の仲間達にも電話をかけた末、もしやと気持が変って二階の久保の部屋へ上ってみることにした。

そこへ長男の方から電話で、この雪だからと思って駅前の呑み屋へも問合せたが、ここにもいない。当分雪の見納めだなどと云い、おれ達の心配を他所にどこかで呑んでいるのが落ちかも知れぬ、ほって置くがよいと、長男は投げ出した調子であった。

風が勢いを増して、ガラス戸を打つ。ガラス戸とガラス戸の間から、細かな雪が吹き込んでくる。いまにも表戸を開けて、雪まみれの久保が跳び込んでくるような錯覚を感じる。

長女は二階に上って、まずリュックが帽子掛けにかけてないのを見て取った。洋服箪笥に、釣り用のキルティングの上下もない。すっかり支度をして出て行ったなと見極わめると、怒りが一度に込み上げてきた。この雪の中を、人騒がせにも程があると思った。そのすぐ後で、事務デスクの上に、「重要書類」と記したハトロン紙の大きな袋を発見した。

すぐ眼に入る場所を選んで置いたに違いなかった。

後でみんなの口裏を継ぎ合わせると、長男が電話をした表駅ではなく、裏駅に最近出来た呑み屋で、まだいくらか明るいうちから腰を据えて酒を呑み、裏駅にはバスがないのですっかり暗くなってからタクシーを呼ばせ、輪光寺の正門で下車した。すでに、タイヤが上わ滑りするほどの雪だった。運転手は、キルティングで防寒した小柄な男が、そのまま寺の山門をくぐった後姿を見ている。佐野の家へ行くので、久保のよく知っている道順である。山門からさらに裏門へ抜けると、寺の裏山へ登るハイキング道につながる。それにしても、そこから十五分か二十分、積雪の中を久保は歩き続けたことになる。

リュックの中には、ポケット・ウイスキーの空ビンが二本、乾パン、バター、福神漬、ミネラル・ウォーターの他、睡眠薬の小箱も用意されていて、久保の孤独の酒宴にはこと欠かなかった。

凍死は一番楽だと云う説がある。しかし久保は、凍死より冬眠を選んだつもりだったろうか。

追記

実は私も、久保さんとは顔馴染みです。三月ほど前に、裏駅に小さな呑み屋が出来て、そこへ寄ると顔が合いました。久保さんは表駅で呑み、ひとりになりたくなるとここへ廻って浅酌して帰るらしく、口数はいたって少いが、挨拶ついでに二言三言、どこそこの萩が咲いたとか、こう雨ばかりではとか笑顔で言葉を交わすこともありました。

ここの呑み屋の主から、久保さんがこれこれこうで、店の帰りに輪光寺の裏山でと私は不幸を知らされました。

久保さんと佐野さんに交際があったと云うことも、ここの主人を通じて知り、今度佐野さんが寄ったら私の家へ電話をしてくれ、久振りに逢いたいと頼んで置きました。佐野さんの口から久保さんの日常をいろいろ聞き、私は暇で困っているので、町中の人、あるいは庶民の一人という点に興味を持ち、メモのようなものを書溜めてみましたが、庶民というのは、そこにもここにもいる、なんでもない人ということでしょうか、素人には巧く筆が動きません。

佐野さんとは、昔同じ学校で教鞭をとっていました。私の方が五つくらい若い筈です。私も実は、二年ほど前に手術の経験があります。この頃、ちっとも珍しい話ではないのですが、久保さんの気持は分るように思います。

日航の旅客機が、羽田空港で大きな事故を起しました当時のこと、久保さんと呑み屋の主人が、世間話をしていて、床屋へ行くのが怖くなったと久保さんが云いました。

「旅客機はわれわれ、たまにしか乗るものではないが、顔を剃るのは年中だからね」

久保さんがそう云ったのを、いま思い出しました。

遺書らしいものはありませんでしたが、机上の「重要書類」にはよく眼を通したらしく、長女にも長男にも分るように説明がしてあったそうです。

もう一つ例の新聞の切り抜きは、スウェーターのポケットに畳んで、しまってあったと云うことでした。

故人の遺体が発見された日は、またとない雪晴れ、この辺では近年にない大雪という話で関係者はみんなゴム長を履いて輪光寺の裏山へ登りました。


（新潮・一九八四年一月）

あとがきに代えて　父のこと

友野朝子

とうとう父は遠い国へ旅立ってしまった。

私が大阪に住むようになって、もう二十数年。その間、何十回鎌倉との往復を重ねたであろうか。里帰りする私に、「お前はもうよそにやった娘なのだから、そんなに帰って来ることはない。亭主に迷惑をかけるな」と云うのが父の口癖であった。

そんな父が、いつものさよならのつもりで「又来ますね」と茶の間に軽く声を掛けた私に、背をしゃんと正して「ああ、よろしく頼む」と頭を下げた。思いもよらぬ父の態度になんともやりきれぬ気持で帰路についたのは三、四年程前のことだったと記憶している。

去る十月九日夜、胸の痛みを訴えた父は、次女の頼子と、かかりつけのK医師夫人に付き添われ、救急車で横浜の病院へ運ばれた。大阪の私のもとへは、留守番役の母から報せが入った。翌日に身内の結婚式を控え、その準備をしていた私は、拡げた晴着を洋服ダンスに戻し、病院行きの支度に切り替えた。

処置を終り集中治療室で眠りつづける父は、私の呼び掛けにうっすらと目を開いてくれただけだった。わかってくれたのかどうか、ついにそれを確める術もなく、入院三日目の十二日夜十時過ぎ、父は帰らぬ人となった。静かに、本当に静かに、もし孫の周平が心電図のモニターテレビの変化に気付かなければ、付添いの私共にもその死を知らせずに一人で逝ってしまったのではないかと思わせる程であった。死因は、心筋梗塞である。

母の話によると、父は入院の二日程前に、「俺は二、三日うちに死ぬ気がする。晩飯の支度なんか放っておけ。淋しいからお前もここに坐って一緒に話でもしよう」と台所に立とうとする母を引き留めたという。

家に戻り、座敷に横たわる父の死顔は、生前の癇癪病も、わがまま病もすっかりと影をひそめ、おだやかできれいだった。

四十九日も過ぎたある日、父の残した日記帖を恐る恐る繰ってみると、「死よりも、死損うことが怖い」という一行が目に飛び込んで来た。「大丈夫でしたね」と思わず私は父に語りかけた。

日付は十年も前のものであった。

ここに収録されている「東京の横丁」は「私の履歴書」として、六年前『日本経済新聞』に連載されたものであるが、これを一冊の本にまとめる話が持ち上ってから相当の年月がたっている。生前の父は、加筆したい個所があるので、それが終るまで待って欲しいという条件を出していた。父の日記によると、昭和六十年五月、〝いよいよ「私の履歴書」にかかる時期が来た〟とあるが、平成元年の一月にも〝「私の履歴書」の加筆を、匆々に始めよ〟と自分に云い聞かせている。旧稿の再読は已れの才の浅さが見え透き、実に悲しい仕事だから嫌だ、と云っていた父のことである。山積みとなった本や雑誌の下に、手直しすべき原稿が押し潰された形で永い間置かれていたのを私は見た覚えがある。

弔問の客足が少しずつ減り始めた頃になっても、鎌倉の家は、何が何処にあるのか家族にも判らないほど混乱を極めていた。そんな時に納戸の洋服箱のなかから、すでに加筆が終り、添えられたノートに「東京の横丁」とタイトルが記された「私の履歴書」の原稿が見つかった。

一日ごとに老化をたどり、手持の切符の余分は僅かと知りつつ、父は夜床につき、又、朝を迎えていたのだろう。

何処かに、行く所はないのか

心身を委せて休む所はないのか

心を支えるもの、支えており
在るかあらぬか、静かな均衡

これも父の日記帖にあった言葉だ。
父の亡くなった日は、父の愛した猫ミー公の命日にもあたる。庭のミー公の墓上にあるハゼは、今年も紅葉がみごとであった。

一九九〇年一二月

抑制の作家

解説　川本三郎

表題となった「東京の横丁」は昭和五十九年（一九八四）に「日本経済新聞」の「私の履歴書」に連載された。この時、永井龍男は八十歳になる。老いを迎えた作家が来し方を振返える。はるか遠くにいってしまった子供時代を、若き日を、そして生まれ育った東京の町を思い出す。

永井龍男は明治三十七年（一九〇四）に神田に生まれている。ちょうど日露戦争が勃発した年。神田の駿河台界隈は大学が多く、そのために現在の九段から小川町にかけては、本屋、出版社、印刷所が多かった。父親は錦町の印刷所で校正の仕事をしていた。

家は、駿河台下の猿楽町、現在の山の上ホテルの横の坂を下った錦華公園の近く、借家が並ぶ横丁にあった。この時代の東京では、通常の庶民は借家住まいが当り前である。

東京の町は変化が激しい。とくに大正十二年（一九二三）の関東大震災と昭和二十年（一九四五）の東京空襲の二つの災禍によって明治の名残りがある町並みは消えてしまった。永井龍男の生まれた猿楽町も昔の面影はもうない。消えた町、失われた町だからこそ、追慕の思いは強まる。「東京の横丁」に先だって永井龍男は還暦を過ぎてから追憶小説というべき『石版東京図絵』（一九六七年）を発表している。神田の駿河台下の横丁で生まれ育った子供たちを主人公にしている。子供たちを通して明治から大正にかけての懐しい東京の町が描かれてゆく。『石版東京図絵』は「毎日新聞」に連載され、その年に中央公論社から単行本になったが、それには川上澄生の版画が何枚も添えられ、ノスタルジックな風韻がただよった。そのあとに「東京の横丁」。

自分の生まれ育った懐しい町はもう消えた。小さな横丁は失われてしまった。だからこそ永井龍男は記憶のなかで町を、横丁をよみがえらそうとする。記憶によって再生された町は、懐しさと同時に幻影の町のようなはかなさを帯びている。

猿楽町から九段坂上の靖国神社は近い。春秋二回の大祭は子供にとって忘れられない思い出になる。花火、隙間なく並ぶ屋台、曲馬団。「おそらく、靖国神社の大祭は、祭りとして日本一の規模だったろう」と神田っ子らしく誇らし気に書いている。

横丁には、物売りが絶えず出入りしていたという思い出は市中の神田らしい。八百屋や魚屋だけではなく、甘酒屋、熊の胆売り、下駄の歯入れ、鋳かけ屋、桶のたが屋などが次々にやってくる。明治から大正にかけて、東京の町は下町と山の手がはっきりと分かれていた。『石版東京図絵』にあるように、山の手には官公吏や勤め人、医者や教師が多く住み、下町は商人や職人の町だった。猿楽町は大別すれば下町に入る。商人や職人が多く住む町には物売りが入りやすかった。

永井龍男の父親は前述したように印刷所で校正の仕事をしていた。職人といっていい。ただ肺を病んでいて、充分に働けなかったから一家の暮しは楽ではなかった。龍男は夏目漱石が出たことで知られる錦華小学校に入学する。家のつましい暮しを考えると母親に月謝袋を出すのが辛かったという。子供の頃から親の苦労を知っている。永井龍男の文学が地道な暮しをする生活者を描く「大人の文学」になっているのは、龍男少年が早くから親の苦労を知る子供だったからに違いない。客からもらった文房具を母親が、よその家へまわそうとする話は胸を衝かれる。

永井龍男の短篇でよく知られているのは「黒い御飯」だろう。大正十二年、まだ十八歳の時に書いたものだが、菊池寛が認めて、創刊したばかりの「文藝春秋」に載せた。「私」は貧しい家の子供。小学校に入学する「私」のために、両親は新しい服を買ってやることが出来ない。兄たちのお下がりを釜で染め直す。翌日、その釜で御飯を炊いたために黒い御飯になってしまった。永井家の貧しさがうかがえる。同時に、貧しい暮しのなかでも子供になんとか新しい服を用意しようとする両親の愛情も。

当時の下町の子供たちは早くから社会に出て働いた。子供時代が短かかった。龍男の二人の兄は小学校を出るとすぐ働きに出ている。龍男は二人の兄のはからいで高等小学校に進学するが、二年後の大正八年（一九一九）には十四歳で卒業し、日本橋蠣殻町の米穀取引仲買店に働きに出る。昔風にいえば丁稚奉公である。永井龍男より年下になるが、大正十二年、浅草生まれの池波正太郎が小学校を出るとすぐ株屋に働きに出たことを思い出させる。戦前の下町では、子供が早くから社会に出ることは普通だった。彼らは小さな大人だった。

大正十二年、東京を関東大震災が襲った。龍男が十九歳の時。市中は壊滅した。無論、永井家も被害を免れなかった。からくも一家は無事だったが、それまでの暮しが根底から崩れた。生まれ育った町が消えた。この喪失感は大きかったに違いない。講談社で『永井龍男全集』を担当した大村彦次郎は追悼記「全集刊行の頃」（「別冊かまくら春秋・最後の鎌倉文士　永井龍男追悼号」平成三年）のなかで、生前、あれから五十年以上たっているのになお永井龍男が関東大震災の体験を繰返し語ったと書いている。「招魂社（注・靖国神社）の坂上から廃墟と化した下町を遠望するくだりなどなんどお聞きしたことだろう」。

いかに関東大震災が大きな喪失の体験だったかがうかがえる。永井龍男の作品は、小市民の平穏な日常を描きながら、どこかに末期《まつご》の目で見たような無常観が感じられるが、それは若き日のこの喪失感のためだろう。

「黒い御飯」で菊池寛の知遇を得た結果、永井龍男は昭和二年（一九二七）、二十三歳の時に文藝春秋に入社する。編集者、永井龍男の出発である。菊池寛の主宰する文藝春秋は伸び盛りの出版社であり、当時の文芸ジャーナリズムを牽引した。若き日の永井龍男はその熱気のなかに入る。

入社した昭和二年といえば、七月に芥川龍之介が自殺した年である。入社したばかりの龍男は堀辰雄に連れられて田端の芥川家に行き、原稿依頼をする。「芥川さんは気さくに逢ってくれ、原稿執筆も承諾をうけることが出来た」。その二ヶ月後に、芥川は自殺した。文学史の興味深い逸話になっている。

芥川龍之介といえば「東京の横丁」には、もうひとつ意外なことが書かれている。駿河台下の永井家は二階を、広瀬雄という東京市第三中学（府立三中）の教師に貸していた（いわゆる「二階貸し」）。のちに、母親は龍男にこんなことをいった。「この頃お前たちが、芥川さん芥川さんと話しているのは、昔二階の広瀬さんの所へよく遊びに来た、あの芥川さんのことじゃあないのかい。あんな名はそんなにあるもんじゃない」。

まったく奇縁だが、広瀬雄は芥川が通っていた本所の第三中学の先生だったという。震災前の東京は広いようでいてまだ狭い。

永井龍男が芥川の文学を評して「いつも才気が先行して愛読し切れなかった」と書いているのは、永井龍男の平明端正な文章を思うと納得する。同じように短篇の名手だが、永井龍男は才気走らない。物語を突出させず、日常の暮しのなかに溶け込ませる。作者は、その日常のうしろに目立たないようにしている。

文藝春秋での編集者としての仕事は充実していた。入社当時、「小学生全集」の編集部に配属されたところ、編集部員はほとんどすべて美しい才媛ばかりで圧倒されたというくだりは、ういういしく微笑ましい。永井龍男は、女を描くのがうまい作家とはいえなかったが、それでも、「冬の日」という四十代の女性の最後の残り火を描いた逸品がある。

美しい才媛のなかに、のちに「ノンちゃん雲に乗る」を書く石井桃子がいたというのも文学史的に興味深い。また、永井龍男は書いていないが、のちに脚本家として活躍し、今井正監督の「また逢う日まで」（一九五〇年）や成瀬巳喜男監督の「おかあさん」（一九五二年）「浮雲」（一九五五年）などの脚本を書く水木洋子も昭和十年頃、菊池寛の主宰する「脚本研究会」に所属していた。永井龍男は、この美しい才媛ともどこかで会っていたかもしれない。

文藝春秋の編集者として昭和前期、充実した日々を送っている。昭和十年には、文藝春秋で芥川賞、直木賞が創設され、その担当になる。「オール読物」の編集長になる。私生活では、昭和九年（一九三四）に結婚している。夫人は、久米正雄夫人の妹で、久米正雄とは義兄弟になる。結婚後、二人の娘に恵まれる。

永井龍男は、無頼派の作家の対極にあり、作品のなかはともかく、私生活ではまっとうな節度ある家長として生きた。そこにも「大人の文学」の真骨頂がある。

充実した編集者生活だったが、時代は戦時のただなかへと入ってゆく。言論の自由も圧迫されてゆく。編集者として苦労も多かっただろう。ただ、永井龍男は、東京人特有の洒脱さから苦労をことさらに大仰には語らない。この点でも「大人」である。感情をあらわにすること、不幸や悲しみを大仰に語ることを自然と慎しむ。抑制する。戦前の東京人には、そういう慎しみがあった。品の良さがあった。

「東京の横丁」は、戦後、菊池寛が文藝春秋を解散し、要職にあった永井龍男自身も、会社を辞めるところで終わっている。しかも、戦時中、言論界を代表する会社の要職にあったがゆえに、責任を取らされ「公職追放」の憂き目に遭う。そのあと小さな新聞社に入るが、そこも長続きはしない。これからどうすれば、いいのか。妻子をどう養っていったら

文藝春秋社勤務の頃の著者

『東京の横丁』函（1991年　講談社）

いいのか。残された道は文筆しかない。

「今度こそ文筆生活の他に、妻子を養う道はなくなった。四十四歳の事であった」

「東京の横丁」はそこで終わっている。挫折である。そこが胸を打つのだが、そのあと背水の陣を敷いて、作家として立ってゆくところに永井龍男の苦難と幸せがある。しかもそれを決して大仰には語らない。

普通なら、被害者意識をむき出しにして、うらみつらみを書きたてるだろう。貧しい少年時代を思い出して、社会への怒りをあらわにしたかもしれない。しかし、永井龍男はあくまでも、苦労を知り尽した「大人」であり、家族を守ろうとする「家長」である。決して、修羅を作品には持ち込まない。生ま生ましい喜怒哀楽を端正な文章で封じ込める。職を失い、筆一本で生きる。大学の先生へと逃げ込まない。家族を持つ身として、大変な思いだったろう。それでも、永井龍男は、これからは、自由人となって生きることに喜びを感じる。好きな文章がある。

「私が終戦直後に選んだ道は、自分一人の道であるが、ただ一人行くという悦びを身に染みて覚えたのは、四十二歳で定職を退き、文筆生活十年を経てからのことであった。文筆者としての私の出発は、人々に比べて二十年遅かったが、生涯を通じてこの日を忘れることはあるまい」

筆一本で生きることの困難を踏まえた上での、自由人としての喜びが表明されている。

永井龍男は、十八歳の時に「黒い御飯」が評価され、「文藝春秋」に掲載されるという破格の体験をした。ここで作家の道を選んでいたら今日の永井龍男はなかったかもしれない。早書きを慎しんだ。まず生活者として生きた。そして、戦後、やむをえぬことから、物書きとして立たざるを得なかった。それが、この「抑制の作家」としては幸いしたといえるだろう。

遅くに出発したから、流行に左右されることはなかった。青春に振まわされることもなかった。四十代の妻子のいる人間として、一見平凡と見える市井の人々の暮しにこそ、目を向けた。彼らの平穏の日々のなかに、一瞬の陰りを見た。本書の最後に収録された短篇小説「冬の梢」は、死にゆく一市民の孤独に寄り添った逸品である。ここでも永井龍男は、「才気走らない」。余計な言葉を切り詰めてゆくことで孤高の世界を作り上げてゆく。

永井龍男は昭和十二年（一九三七）に鎌倉に移り住み、終生この古都で暮した。鎌倉は古都ゆえにほとんど空襲に遭っていない。関東大震災で、生まれ育った町を失った作家には、昔と変わらない鎌倉は「もうひとつの駿河台下の横丁」になったのではないか。

本書の後半の随筆は、年を重ねてからのものが多い。そこには、老いの不安と、同時に長く生きてきたがゆえの老いの成熟がある。

永井龍男は芥川の小説はその才気ゆえに愛読しなかったが、芥川の俳句は「素直さ」ゆえに感銘した。永井龍男自身、「東門居」の俳号で句を詠んだ。好きな句が二つある。

「眼前の妻子の顔や春炬燵」

「梅を干す夫婦となりぬわれらまた」

古都で暮す老いの平穏がある。

年譜

永井龍男

一九〇四年（明治三七年）
五月二〇日、東京市神田区猿楽町（現千代田区神田小川町）に神田活版所勤務の父永井教治郎と母ヱツの四男として誕生。
一九一一年（明治四四年）　七歳
四月、神田区立錦華尋常小学校に入学。同級に波多野完治がいた。
一九一三年（大正二年）　九歳
一一月、上島《かみしま》金太郎が受持訓導となり、とくに国語、綴方教育で好指導を得る。以来十数年にわたり物心両面の援助を受ける。
一九一六年（大正五年）　一二歳
三月、錦華尋常小学校校報第二号に綴方「此の頃」が掲載される。
一九一七年（大正六年）　一三歳
三月、錦華尋常小学校卒業、同校校報第三号に綴方「桜の咲く頃」が掲載される。四月、神田区立一ツ橋高等小学校に入学。父が病床にあり欧文植字工の長兄と報知新聞社記者の次兄が家計を支える。
一九一九年（大正八年）　一五歳
三月、一ツ橋高等小学校卒業。父の病が重く進学を断念、日本橋区（現中央区）蠣殻町の米穀取引所仲買店に奉公に出たが病弱なため三ヵ月で店を辞める。以後、通院と自宅療養のかたわら樋口一葉の著作など文芸書に親しむ。一一月、父教治郎死去、享年五八。

一九二〇年（大正九年）一六歳

九月、「活版屋の話」が文芸誌「サンエス」の懸賞小説で選者菊池寛に評価され入選。

一九二一年（大正一〇年）一七歳

一〇月、「蒼空の下に」を「文章倶楽部」に発表。

一九二二年（大正一一年）一八歳

一二月、次兄の勧めで九月に応募した帝国劇場の懸賞脚本に一幕物「出産」で当選。当選者の中に川口松太郎らがいた。

一九二三年（大正一二年）一九歳

二月、「出産」が『新戯曲十篇』（春陽堂）に収録される。五月、「黒い御飯」ほか一篇を持参し菊池寛を初訪問。七月、「黒い御飯」を「文芸春秋」に発表。九月一日、猿楽町の自宅で関東大震災に被災、翌日東京府下豊多摩郡野方村新井の義兄秋山瑟二方に移る。

一九二四年（大正一三年）二〇歳

二月、波多野完治の家で一高生の小林秀雄を知る。四月、徴兵検査に丙種合格兵役免除となる。六月、三田系同人誌「青銅時代」に小林秀雄らと参加し短篇「秋昼」「新しい電車」や戯曲「月」「いとなみ」を発表したが、同誌は八号で分裂。一〇月、秋山瑟二方を出て神田区神保町の長兄宅に同居。一二月、小林秀雄らと同人誌「山繭」を創刊し「早朝の子供」を発表。同月、神田区表猿楽町に間借り生活を営む。

一九二五年（大正一四年）二一歳

三月、次兄の世話で大井町の御手洗辰雄方に寄食。夏、東京府荏原郡平塚村戸越の義兄秋山瑟二方に寄食。秋、次兄が報知新聞社を辞め、阿佐ヶ谷駅北口に喫茶店「ピノチオ」を開店したため、義兄の家を出て同所で働く。

一九二六年（大正一五年・昭和元年）二二歳

六月、「泉」を「文芸時代」に発表。

一九二七年（昭和二年）二三歳

二月、文芸春秋社に入社、三月創刊予定の文芸誌「手帖」編集担当となり堀辰雄同道で芥川龍之介を訪ね「手帖」の原稿を依頼した。三月、創刊された「手帖」に同人として参加し「蛇苺そのほか」を発表。七月、芥川龍之介自殺。一一月、第九号で「手帖」廃刊（四月より一一月まで「手帖」に「軽気球の腹」「あのひと」「火」「鏡張りの部屋」を発表）。

一九二八年（昭和三年）　二四歳

二月、新進作家・無名作家のための発表機関誌「創作月刊」の編集にあたる。この年、新築の同潤会虎ノ門アパートに転居。また、「創作月刊」編集が縁で井伏鱒二らを知り、小林秀雄を通して青山二郎を知った。

一九二九年（昭和四年）　二五歳

五月、「創作月刊」廃刊になる。八月、「ホテルのひるね」を「皿」に発表。九月、「婦人サロン」が創刊され、編集に参加。一〇月、横光利一らと第一書房より同人誌「文学」を創刊、「異国」を発表。年末、東京市麻布区（現港区）新広尾町に青山二郎の親が持つ長屋を借り母と一家を構えた。

一九三〇年（昭和五年）　二六歳

二月、「絵本」を「文学時代」に発表。四月、新興芸術派倶楽部第一回総会に出席。同月、奈良に志賀直哉を訪ねた。五月、「文学」が「１９３０」と合同し「作品」が発刊され、編集同人として参加。九月、「由比真帆子」を「新潮」に発表。この年、久保田万太郎に誘われて、銀座出雲橋際の「はせ川」の暖簾を初めてくぐった。

一九三一年（昭和六年）　二七歳

二月、青山二郎の提案で二郎龍書房を興し直木三十五『南国太平記』を出版。四月、文芸春秋臨時増刊「オール読物号」が月刊誌としてスタートし編集に加わる。同月、二郎龍書房より青山二郎『陶経』（五〇部限定）刊行、これを最後に同社解散。

一九三二年（昭和七年）二八歳
六月、「オール読物号」（翌年一月より「オール読物」と改称）の編集長となる。この年、麻布永坂町に転居し母と伯母（母の姉）と三人で暮らす。
一九三三年（昭和八年）二九歳
一月、同居の伯母が死去。六月、前年九月掲載の実話物「大杉栄の遺骨」がもとで右翼から脅迫された事件の責任者として「オール読物」の編集を外れる。七月、「屋根」を「季刊四季」に発表。一〇月、「文芸通信」編集長となる。同月、「文芸時評」を「報知新聞」に発表。
一九三四年（昭和九年）三〇歳
一月、「巣の中」を「行動」に、「菜の花」を「文芸」に発表。同月、久保田万太郎夫妻の媒酌で奥野仙太郎三女の悦子（長姉は久米正雄夫人）と結婚。二月、直木三十五死去。六月、処女短篇集『絵本』（三五〇部限定、四季社）を刊行。七月、「麻布」を「行動」に、「逃げる鶏」を「文芸」に、「結婚式」を「若草」に発表。一一月、今日出海の手引きで神奈川県鎌倉郡鎌倉町二階堂（現鎌倉市）に転居。この年、次兄が有楽町駅付近に釣具店「魚籃堂」を開業。
一九三五年（昭和一〇年）三一歳
一月、「文芸春秋」に芥川賞・直木賞制定宣言が発表され、準備事務一切を担当する。二月、「今年も去年も」を「週刊朝日」に発表。三月、母ヱツ死去。六月、「或男の帰宅迄」を「文芸」に発表。七月、「初奉公」を「若草」に発表。八月、「わるい硝子」を「新潮」に発表。一〇月、「自分の家」を「若草」に発表。
一九三六年（昭和一一年）三二歳
一月、「息子」を「新潮」に発表。同月、「オール読物」編集長に再任。四月、「材料」を「若草」に発表。五月、菊池寛『文学読本春夏の巻』（第一書房）を編纂。七月、「ウェルカムと水瓜」を「新潮」に発表。八月、「女の耳」を「文学界」に発表。一一月、「絹と木綿」を「令女界」に発表。同月、長女朝子誕生。

一九三七年（昭和一二年）　三三歳

二月、第一回文壇句会に出席。三月、鎌倉町雪ノ下大倉に転居。

一九三八年（昭和一三年）　三四歳

七月、「妙高山麓」を深田久弥編『高原―紀行と案内』（青木書店）に発表。同月、日本文学振興会理事会（理事長菊池寛）常任理事に就任。

一九三九年（昭和一四年）　三五歳

一月、「文芸春秋」編集長となる。二月、菊池寛賞が設定され選考委員となる。八月、次女頼子誕生。一〇月、雑誌記者満洲国視察団の一員として朝鮮、奉天、新京（現長春）、哈爾浜《ハルビン》へ旅行。一一月、鎌倉郡鎌倉町が鎌倉市となる。

一九四〇年（昭和一五年）　三六歳

六月、文芸春秋社に局制がしかれ編集局次長に就任。八月、鎌倉市二階堂に転居。

一九四一年（昭和一六年）　三七歳

六月、満洲日日新聞社の招きで渡満。七月、社員に続々と召集令状届く。秋、「文芸春秋」新年号が二〇周年記念にあたるため寄稿家に作陶を贈ることをきめ栃木県益子に浜田庄司を訪ねた。一二月八日、太平洋戦争勃発。

一九四二年（昭和一七年）　三八歳

一〇月、渡満し一一月末まで各地を視察。その後北京に一〇日間滞在。

一九四三年（昭和一八年）　三九歳

四月、「手袋のかたっぽ」を「文学界」に発表。同月、文芸春秋社取締役に就任。一一月、満洲文芸春秋社を新京特別市に設立（社長菊池寛）、現地に駐在する。

一九四四年（昭和一九年）四〇歳
七月、満洲国政府直轄の文芸誌「芸文」の発行を満洲文芸春秋社が委嘱される。一〇月、一時帰国ののち本社勤務となる。
一九四五年（昭和二〇年）四一歳
三月、文芸春秋社専務取締役に就任。同月一〇日、東京大空襲。四月、「文芸春秋」休刊。八月一五日、鎌倉で終戦を迎える。一〇月、「文芸春秋」復刊。一一月、疎開先で妻を亡くした長兄が軽い中風になり同居する。
一九四六年（昭和二一年）四二歳
二月、「往来」を「文芸」に発表。三月、菊池寛が文芸春秋社の解散を表明。これに従い文芸春秋社を辞め、「新夕刊新聞」を創刊、同社の副社長に就任する。七月、「竹藪の前」を「小説と読物」に発表。
一九四七年（昭和二二年）四三歳
一〇月、公職追放で新夕刊新聞社を退社、筆一本の生活に入る。一二月、「唐辛子」を「小説と読物」に発表。同月、横光利一死去。
一九四八年（昭和二三年）四四歳
二月、池袋にある三角寛の文芸会館人世坐監査役に就任（一九五九年八月退任）。三月、菊池寛死去。五月、公職追放が解除され日比谷出版社取締役社長に就任。同社は「文芸読物」（「オール読物」改題）の権利（直木賞選考権含む）を継承、雑誌発行のほか単行本を刊行した。六月、少年野球小説「懐しきメンバー」を「少年読物」に連載（一九四九年一月まで、七回）。七月、「胡桃割り」を「学生」に発表。八月、「麻の上着」を「小説と読物」に発表。秋、大連から引き揚げてきた家主の親戚と同居。九月、『あひびき』から」を「オール読物別冊」に発表。一一月、付近の家の二階十畳間を借り仕事場とした。
一九四九年（昭和二四年）四五歳
一月、「設計図の上の消ゴム」を「学生」に連載（四月まで、四回）。三月、菊池寛一周忌に多磨霊園へ墓参。五月、『あゝ、この一球』（「懐しきメンバー」改題、光文社）、短篇集『手袋のかたっぽ』（日比谷出版社）を刊行。七月、「夏まで」（のちに「ある夏まで」と改題）を「季刊文体」に発表。八月、「朝霧」を「文学界」に、「東京模様」（のちに「花火」と改題）を「週刊朝日」に発表。この年、家主の申し出により家主と住居を入れ替えて移転、仕事場は引き払う。

一九五〇年（昭和二五年）四六歳

三月、「鳩舎」を「婦人朝日」に連載（一九五一年二月まで、一二回）。「朝霧」で第二回横光利一賞を受賞。五月、「水仙案内記」を「文芸春秋」に発表。同月、赤坂山王「山の茶屋」で文壇句会が復活し出席。七月、「点呼通信」を「風雪」に発表。八月、「青電車」を「新潮」に発表。九月、「ある供養」を「文芸」に発表。一〇月、「うねり」を「改造」に発表。同月、鎌倉座（里見弴主宰）の「父帰る」公演（於鎌倉市民会館）に長男賢一郎役で出演。この年、日比谷出版社解散。

一九五一年（昭和二六年）四七歳

一月、「日向の萱」を「読売評論」に、「白い犬」を「文芸春秋」に発表。五月、「狐」を「文学界」に、「鳶の影」を「群像」に発表。六月、長篇『鳩舎』（四季社）刊行。七月七日、初の新聞小説「風ふたたび」を「朝日新聞」に連載（九月三〇日まで、八六回）。

一九五二年（昭和二七年）四八歳

一月、「白い柵」を「文芸春秋」に、「魚」を「新潮」に発表。二月、「風ふたたび」が映画化された。三月、久米正雄死去。同月、NHKラジオ第一で「陽気な窓」（『白い犬』より）を放送。六月一六日、「外灯」を「サン写真新聞」に連載（一一月二五日まで、一五七回）。一〇月、「直木賞下ばたら記」を「別冊文芸春秋」に発表。この年、直木賞選考委員となる（第二七回より）。

一九五三年（昭和二八年）四九歳

一月、「夕映え」を「オール読物」に発表。春、ニューヨーク・ヘラルド・トリビューン主催の「世界短篇小説賞コンクール」に日本文芸家協会・日本ペンクラブ推薦により「小美術館で」を出品。五月一二日、「さくらんぼ」を「読売新聞」に連載（九月一九日まで、一三一回）。一〇月、「塵埃」を「文芸春秋」に発表。一二月、鎌倉市雪ノ下に新居が完成し移転。

一九五四年（昭和二九年）五〇歳

一月、「鏡」を「新潮」に発表。同月一三日、「遠い横顔」を「日本経済新聞」に連載（七月一九日まで、一八七回）。二月、「引越し前」を「群像」に発表。三月、菊池寛七回忌法要に出席。同月、次兄二郎死去。五月、「父親」を「小説新潮」に発表。七月、随筆集『紅茶の時間』（四季社）刊行。八月、大塚の癌研究会附属病院に田崎勇三博士を訪ね胃の診断を仰ぐ。九月一日、「四角な卵」を「朝日新聞」に連載（一二月五日まで、九五回）。

一九五五年（昭和三〇年）五一歳

一月、「少年唱歌隊」を「新潮」に発表。三月、「スケッチ・ブック」を「オール読物」に「近火のこと」を「心」に発表。同月、NHKラジオ第一で初めての書き下ろしドラマ「雪ぞ降る」放送。四月、随筆「酒徒交伝」を「文芸春秋」に連載（七月まで、四回）。五月、「誠実の人—横光利一氏のこと」を「文芸　横光利一読本」に発表。夏、第一五回電通夏期広告大学で講演。八月二八日、「午前と午後と」を「週刊朝日」に連載（一九五六年二月一二日まで、二五回）。

一九五六年（昭和三一年）五二歳

一月、「枯芝」を「新潮」に発表。二月、長兄鉎造死去。四月九日、「その火のすべて」

を「産経時事」に連載（一一月一五日まで、二一〇回）。六月、「電報」を「別冊文芸春秋」に発表。七月、「名刺」を「文芸春秋」に発表。

一九五七年（昭和三二年）　五三歳

二月一六日、「噴水」を「毎日新聞」に連載（八月八日まで、一七三回）。一〇月、「快晴」を「別冊文芸春秋」に発表。一一月、「灯」を「文芸春秋」に発表。一二月、「私の眼」を「週刊朝日別冊」に発表。

一九五八年（昭和三三年）　五四歳

二月、「花の下」を「オール読物」に、「蜜柑」を「別冊文芸春秋」に発表。六月二一日、「とんぼの目玉」を「大分合同新聞」に連載（一二月二三日まで、一八四回）。一〇月、「銀座百点」投句欄の選者となる（一九七三年一二月号まで選者を務めた）。この年、第三八回で直木賞選考委員を辞任、第三九回より芥川賞選考委員に就任。

一九五九年（昭和三四年）　五五歳

二月、「文芸春秋」の企画（「同級生交歓」）により波多野完治とともに母校錦華小学校を訪ねた。三月二九日、「犬が西をむくと」を「報知新聞」に連載（一一月二日まで、二一七回）。四月、『文芸春秋三十五年史稿』の編纂に携わり「旧社時代」を執筆。八月、「一個」を「新潮」に発表。一〇月二二日、「まんまるな月」を「中部日本新聞」に連載（一九六〇年五月二〇日まで、二二〇回）。

一九六〇年（昭和三五年）　五六歳

一月三〇日、「ひとの帽子」を「日本経済新聞」に連載（一一月一二日まで、二八六回）。三月、小林秀雄と『菊地寛文学全集』（文芸春秋新社）を編纂。五月、ＮＨＫテレビ「私の秘密」にゲスト出演。この年、ゴルフに熱中する。

一九六一年（昭和三六年）　五七歳

一月、随筆「カレンダーの余白」を「家庭画報」に連載（一二月まで、一一二回）。六月、庭先の滑川があふれ床上四〇センチの水害に遭う。八月、書き下ろし『菊池寛』（時事通信社）を刊行。同月、現代語訳「お伽草子」の数篇を『古典日本文学全集18』（筑摩書房）に収録。

一九六二年（昭和三七年）　五八歳
六月、「杉林そのほか」を「文芸」に発表。八月、「傘のありか」を「小説新潮」に発表。同月三〇日、「幸吉八方ころがし」を「読売新聞」に連載（一九六三年三月五日まで、一八六回）。一〇月五日、「皿皿皿と皿」を「週刊朝日」に連載（一九六三年九月二七日まで、五二回）。

一九六三年（昭和三八年）　五九歳
五月、久保田万太郎死去。八月、「昨日のこと」を「新潮」に発表。一二月、三田の慶応大学で久保田万太郎追悼会があり記念講演を行う。

一九六四年（昭和三九年）　六〇歳
一月、「襟巻」を「新潮」に発表。同月、「わが切抜帖より」を「銀座百点」に連載（一九六五年一二月まで、二四回）。

一九六五年（昭和四〇年）　六一歳
五月、「冬の日」を「新潮」に発表。六月、『一個その他』（文芸春秋新社）を刊行。八月、「蝶」を「文芸」に発表。九月、「青梅雨」を「新潮」に発表。一一月、『一個その他』で第一八回野間文芸賞受賞。一二月、「いてふの町」を「別冊文芸春秋」に発表。この年、読売文学賞選考委員（第一六回より）となった。

一九六六年（昭和四一年）　六二歳
四月、『一個その他』などの業績で第二二回芸術院賞受賞。同月一一日、「折り折りの人」を「朝日新聞」に連載（二二日まで、一〇回）。五月、「胡桃」を「新潮」に発表。七月、「紅い紐」を「群像」に発表。

一九六七年（昭和四二年）　六三歳
一月、「灰皿抄」を「ミセス」に連載（一九六八年一二月まで、二四回）。同月四日、「石版東京図絵」を「毎日新聞」に連載（六月一日まで、一二七回）。一〇月、「耳の秋」を「小説新潮」に発表。

一九六八年（昭和四三年）　六四歳
一月二九日、「沖田総司」を「週刊朝日」に連載（一九六九年二月七日まで、一一回）。一二月、芸術院会員に選ばれる。

一九六九年（昭和四四年）　六五歳
一月、「息災」を「新潮」に発表。二月、『雑文集　わが切抜帖より』（講談社）で第二〇回読売文学賞（随筆・紀行賞）受賞。三月、「くちなしの実」を「小説新潮」に発表。九月、「日ごよみ」を「小説新潮」に発表。一一月、胃に異常を感じ癌研究会附属病院で受診したところ胃潰瘍と診断される。

一九七〇年（昭和四五年）　六六歳
この年、一九六五年より着手していた書き下ろし評伝『この人吉田秀雄』の構想と取材に時間の大半をさく。

一九七一年（昭和四六年）　六七歳
一月、「枯木ということ」を「新潮」に発表。四月、「雀の卵」を「季刊芸術」に発表。七月、電通創立七〇周年を記念して『この人吉田秀雄』（電通）を刊行。

一九七二年（昭和四七年）　六八歳
一月、「日向と日蔭」を「小説新潮」に発表。二月、「とかげの尾」を「文芸春秋」に発表。九月、「コチャバンバ行き」を「オール読物」に発表。一〇月、多年の作家活動により第二〇回菊池寛賞受賞。

一九七三年（昭和四八年）　六九歳
一月、「刈田の畦」を「新潮」に発表。二月、『コチャバンバ行き』（講談社）で第二四回読売文学賞（小説賞）受賞。五月、韓国政府の招待で今日出海とともにソウル、慶州などを旅行。一〇月、「夕蟬」を「小説新潮」に発表。一一月、文化功労者に選ばれる。
一九七四年（昭和四九年）七〇歳
一月、「秋」を「新潮」に発表。二月、「身辺すごろく」を「小説新潮」に連載（一九七六年一月まで、二四回）。三月、「ゆうやけ空」を「すばる」に発表。六月、古稀を記念して『自撰作品十一種』（新潮社）を刊行。一一月、勲二等瑞宝章を受章。
一九七五年（昭和五〇年）七一歳
一月、「松島の鯊」を「新潮」に発表。三月、日本学術文化訪中使節団の一員として訪中。四月、「秋」で第二回川端康成文学賞を受賞。八月、紀行「中国旬日」を「群像」に発表。
一九七六年（昭和五一年）七二歳
一月、「粗朶の海」を「新潮」に発表。同月、『黒い御飯』（二〇〇部限定、成瀬書房）を刊行。七月、「引越しのこと」を「海」に発表。同月一〇日、「自伝抄―運と不運と」を「読売新聞」に連載（八月二日まで、二〇回）。一〇月、胃潰瘍のため入院。
一九七七年（昭和五二年）七三歳
五月、「谷戸からの通信」を「新潮」に発表。六月、銀座「はせ川」が画廊に転業のため名残の会を開き出席した。七月、第七七回芥川賞選考後、同委員を辞任。八月、「昨日今日」を「海」に発表。九月、「棺」を「小説新潮」に発表。
一九七八年（昭和五三年）七四歳
一月、「回想の芥川・直木賞」を「文学界」に連載（一二月まで、一二回）。同月、「明暗雑記」を「新潮」に連載（一九七九年七月まで、隔月で一〇回）。三月、姉秋山あい死去。六月、「日常片々」を「季刊文体」に発表。
一九七九年（昭和五四年）七五歳
二月、「去年の銀杏」を「オール読物」に発表。七月、軽度の一過性脳血栓により約二週間の入院加療。八月、「風」を「文芸春秋」に発表。

一九八〇年（昭和五五年）　七六歳

秋、『永井龍男全集』刊行のため旧作の再読にかかる。一一月、河上徹太郎追悼「同期の縁」を「文学界」に発表。同月、『秋その他』（講談社）刊行。

一九八一年（昭和五六年）　七七歳

三月、胃潰瘍再発のため入院。四月、医師の許可を得ぬまま退院、約一ヵ月ぶりに帰宅。同月、『永井龍男全集』（全一二巻、講談社）刊行開始。一一月、文化勲章を受章。

一九八二年（昭和五七年）　七八歳

五月、『永井龍男全集』最終第一二巻を刊行。

一九八三年（昭和五八年）　七九歳

三月、小林秀雄死去。小林秀雄追悼として四月、「くるの音」を「新潮臨時増刊」に、五月、「彼岸雨日」を「文学界」に発表。

一九八四年（昭和五九年）　八〇歳

一月、「冬の梢」を「新潮」に発表。一〇月、今日出海追悼「百日紅」を「新潮」に発表。

一九八五年（昭和六〇年）　八一歳

八月、鎌倉文学館が開館し初代館長に就任。

一九八六年（昭和六一年）　八二歳

フランスのガリマール出版社より刊行された『ANTHOLOGIE DE NOUVELLES JAPONAISES CONTEMPORAINES』に「青梅雨」が収録される。

一九八七年（昭和六二年）　八三歳

九月、「五百羅漢」を「小説新潮」に発表。

一九八八年（昭和六三年）　八四歳

九月、中村光夫追悼「通夜の谷戸」を「文学界」に発表。

一九八九年（昭和六四年・平成元年）　八五歳

三月、大岡昇平追悼「鉱泉宿」を「新潮」に発表。

一九九〇年（平成二年）　八六歳

一〇月九日、入院、一二日、心筋梗塞にて死去。

一九九一年（平成三年）

一〇月、「最後の鎌倉文士永井龍男追悼号」（「かまくら春秋別冊」）が刊行される。

（編集部 編）

著書目録

永井龍男

【単行本】

絵本	昭9・6	四季社
あゝ、この一球	昭24・5	光文社
手袋のかたっぽ	昭24・5	日比谷出版社
朝霧	昭25・6	改造社
鳩舎	昭26・6	四季社
白い犬	昭26・9	創元社
菜の花	昭26・12	池田書店
風ふたたび	昭26・12	朝日新聞社
明日はどっちだ	昭27・12	毎日新聞社
座席は一つあいている	昭28・7	読売新聞社
外灯	昭28・11	文芸春秋新社
さくらんぼ	昭28・12	新潮社
胡桃割り	昭29・2	四季社
紅茶の時間	昭29・7	四季社
遠い横顔	昭29・10	新潮社
四角な卵	昭30・3	文芸春秋新社
設計図の上の消ゴム	昭30・4	四季社
巣立ちの歌	昭30・5	新潮社
寄せ算引き算	昭30・5	東方社
女の靴	昭30・12	鱒書房
人なつこい季節	昭30・12	四季社
酒徒交伝	昭31・2	四季社
午前と午後と	昭31・9	新潮社
その火のすべて	昭32・1	講談社
噴水	昭32・9	毎日新聞社

菊池寛　昭36・8　時事通信社
幸吉八方ころがし　昭38・5　筑摩書房
皿皿皿と皿　昭39・1　河出書房新社
大の虫小の虫　昭39・5　筑摩書房
一個その他　昭40・6　文芸春秋新社
けむりよ煙　昭40・6　筑摩書房
カレンダーの余白　昭40・11　講談社
青梅雨その他　昭41・5　講談社
他人の帽子　昭41・11　講談社
石版東京図絵　昭42・12　中央公論社
わが切抜帖より　昭43・2　講談社
灰皿抄　昭44・9　講談社
この人吉田秀雄　昭46・7　電通
文壇句会今昔　昭47・8　文芸春秋
コチャバンバ行き　昭47・10　講談社
雀の卵その他　昭47・11　新潮社
雑談　衣食住　昭48・6　講談社
自撰作品十一種　昭49・6　新潮社
ネクタイの幅　昭50・6　講談社
黒い御飯　昭51・1　成瀬書房
永井龍男句集　昭51・4　五月書房
身辺すごろく　昭51・10　新潮社
花十日　昭52・4　講談社
雲に鳥　昭52・8　五月書房
回想の芥川・直木賞　昭54・6　文芸春秋
夕ごころ　昭55・1　講談社
秋その他　昭55・11　講談社
縁さきの風　昭58・5　講談社
わが女房教育　昭59・5　講談社
落葉の上を　昭62・7　朝日新聞社
東京の横丁　平3・1　講談社

【全集】

永井龍男全集　昭56・4〜昭57・5
全12巻　講談社

長編小説全集18　昭28　新潮社
現代日本文学全集81　昭31　筑摩書房
現代長編小説全集43　昭34　講談社

新選現代日本文学全集10　昭34　筑摩書房
日本現代文学全集75　昭37　講談社
現代の文学12　昭41　河出書房新社
現代文学大系51　昭42　筑摩書房
日本文学全集68　昭43　集英社
現代日本文学館33　昭43　文芸春秋
日本の文学62　昭43　中央公論社
日本現代文学全集31　昭44　講談社
日本短篇文学全集20　昭44　筑摩書房
現代日本文学大系86　昭44　筑摩書房
日本文学全集31　昭44　河出書房新社
新潮日本文学18　昭47　新潮社
現代日本のエッセイ　散歩者　昭48　毎日新聞社
日本文学全集68　昭49　集英社
日本の文学62　昭49　中央公論社
筑摩現代文学大系56　昭52　筑摩書房
日本現代文学全集75　昭55　講談社
新潮現代文学16　昭56　新潮社
現代の随想9　昭56　弥生書房

【文庫】

青梅雨（解＝河盛好蔵）　昭44　新潮文庫
一個・秋その他（解＝中野孝次　案＝勝又浩　著）　平3　文芸文庫
わが切抜帖より・昔の東京（人＝中野孝次　年＝森本昭三郎　著）　平3　文芸文庫
カレンダーの余白（人＝石原八束　年＝森本昭三郎　著）　平4　文芸文庫
へっぽこ先生その他（解＝高井有一　年＝編集部　著）　平23　文芸文庫

原則として編著・再刊本は入れなかった。／【文庫】は二〇一六年八月一〇日現在各社最新版目録に記載されているものに限った。（　）内の

記号は、解＝解説　案＝作家案内　人＝人と作品
年＝年譜　著＝著書目録を示す。

（作成・編集部）

本書は、講談社『東京の横丁』（一九九一年一月刊）を底本とし、多少ふりがなを調整しました。本文中明らかな誤記、誤植と思われる箇所は正しましたが、原則として底本に従いました。

東京《とうきょう》の横丁《よこちょう》
永《なが》井《い》龍《たつ》男《お》

二〇一六年 九 月 九 日第一刷発行
二〇一六年一〇月二一日第二刷発行

発行者――鈴木 哲
発行所――株式会社 講談社
東京都文京区音羽2・12・21 〒112-8001
電話 編集（03）5395・3513
販売（03）5395・5817
業務（03）5395・3615

デザイン――菊地信義
印刷――豊国印刷株式会社
製本――株式会社国宝社
本文データ制作――講談社デジタル製作
©Yoriko Nagai 2016, Printed in Japan
定価はカバーに表示してあります。

落丁本・乱丁本は購入書店名を明記のうえ、小社業務宛にお送りください。送料は小社負担にてお取替えいたします。なお、この本の内容についてのお問い合せは文芸文庫（編集）宛にお願いいたします。
本書のコピー、スキャン、デジタル化等の無断複製は著作権法上での例外を除き禁じられています。本書を代行業者等の第三者に依頼してスキャンやデジタル化することはたとえ個人や家庭内の利用でも著作権法違反です。

講談社
文芸文庫

ISBN978-4-06-290322-6

講談社文芸文庫

青柳瑞穂	ささやかな日本発掘	高山鉄男──人／青柳いづみこ−年
青山光二	青春の賭け 小説織田作之助	高橋英夫──解／久米 勲──年
青山二郎	眼の哲学｜利休伝ノート	森 孝──人／森 孝──年
阿川弘之	舷燈	岡田 睦──解／進藤純孝──案
阿川弘之	鮎の宿	岡田 睦──年
阿川弘之	桃の宿	半藤一利──解／岡田 睦──年
阿川弘之	論語知らずの論語読み	高島俊男──解／岡田 睦──年
阿川弘之	森の宿	岡田 睦──年
阿川弘之	亡き母や	小山鉄郎──解／岡田 睦──年
秋山 駿	内部の人間の犯罪 秋山駿評論集	井口時男──解／著者──年
芥川比呂志	ハムレット役者 芥川比呂志エッセイ選 丸谷才一編	芥川瑠璃子−年
芥川龍之介	上海游記｜江南游記	伊藤桂一──解／藤本寿彦──年
阿部 昭	未成年｜桃 阿部昭短篇選	坂上 弘──解／阿部玉枝他−年
安部公房	砂漠の思想	沼野充義──人／谷 真介──年
安部公房	終りし道の標べに	リービ英雄−解／谷 真介──案
阿部知二	冬の宿	黒井千次──解／森本 穫──年
安部ヨリミ	スフィンクスは笑う	三浦雅士──解
鮎川信夫 吉本隆明	対談 文学の戦後	高橋源一郎−解
有吉佐和子	地唄｜三婆 有吉佐和子作品集	宮内淳子──解／宮内淳子──年
有吉佐和子	有田川	半田美永──解／宮内淳子──年
安藤礼二	光の曼陀羅 日本文学論	大江健三郎賞選評−解／著者──年
李 良枝	由熙｜ナビ・タリョン	渡部直己──解／編集部──年
李 良枝	刻	リービ英雄−解／編集部──年
伊井直行	さして重要でない一日	柴田元幸──解／著者──年
生島遼一	春夏秋冬	山田 稔──解／柿谷浩一──年
石川 淳	紫苑物語	立石 伯──解／鈴木貞美──案
石川 淳	安吾のいる風景｜敗荷落日	立石 伯──人／立石 伯──年
石川 淳	黄金伝説｜雪のイヴ	立石 伯──解／日高昭二──案
石川 淳	普賢｜佳人	立石 伯──解／石和 鷹──案
石川 淳	焼跡のイエス｜善財	立石 伯──解／立石 伯──年
石川 淳	文林通言	池内 紀──解／立石 伯──年
石川 淳	鷹	菅野昭正──解／立石 伯──解
石川啄木	石川啄木歌文集	樋口 覚──解／佐藤清文──年

▶解＝解説 案＝作家案内 人＝人と作品 年＝年譜を示す。 2016年10月現在

講談社文芸文庫

石原吉郎 — 石原吉郎詩文集　佐々木幹郎—解／小柳玲子—年
伊藤桂一 — 静かなノモンハン　勝又 浩—解／久米 勲—年
井上ひさし - 京伝店の烟草入れ 井上ひさし江戸小説集　野口武彦—解／渡辺昭夫—年
井上光晴 — 西海原子力発電所｜輸送　成田龍一—解／川西政明—年
井上靖 — わが母の記 —花の下・月の光・雪の面—　松原新一—解／曾根博義—年
井上靖 — 補陀落渡海記 井上靖短篇名作集　曾根博義—解／曾根博義—年
井上靖 — 異域の人｜幽鬼 井上靖歴史小説集　曾根博義—解／曾根博義—年
井上靖 — 本覚坊遺文　高橋英夫—解／曾根博義—年
井上靖 — 新編 歴史小説の周囲　曾根博義—解／曾根博義—年
井伏鱒二 — 還暦の鯉　庄野潤三—人／松本武夫—年
井伏鱒二 — 点滴｜釣鐘の音 三浦哲郎編　三浦哲郎—人／松本武夫—年
井伏鱒二 — 厄除け詩集　河盛好蔵—人／松本武夫—年
井伏鱒二 — 夜ふけと梅の花｜山椒魚　秋山 駿—解／松本武夫—年
井伏鱒二 — 神屋宗湛の残した日記　加藤典洋—解／寺横武夫—年
井伏鱒二 — 鞆ノ津茶会記　加藤典洋—解／寺横武夫—年
井伏鱒二 — 釣師・釣場　夢枕 獏—解／寺横武夫—年
色川武大 — 生家へ　平岡篤頼—解／著者—年
色川武大 — 狂人日記　佐伯一麦—解／著者—年
色川武大 — 小さな部屋｜明日泣く　内藤 誠—解／著者—年
岩阪恵子 — 淀川にちかい町から　秋山 駿—解／著者—年
岩阪恵子 — 画家小出楢重の肖像　堀江敏幸—解／著者—年
岩阪恵子 — 木山さん、捷平さん　蜂飼 耳—解／著者—年
内田百閒 — [ワイド版]百閒随筆 I 池内紀編　池内 紀—解
宇野浩二 — 思い川｜枯木のある風景｜蔵の中　水上 勉—解／柳沢孝子—案
宇野千代・中里恒子 — 往復書簡　金井景子—解
梅崎春生 — 桜島｜日の果て｜幻化　川村 湊—解／古林 尚—案
梅崎春生 — ボロ家の春秋　菅野昭正—解／編集部—年
梅崎春生 — 狂い凧　戸塚麻子—解／編集部—年
梅崎春生 — 悪酒の時代 猫のことなど —梅崎春生随筆集—　外岡秀俊—解／編集部—年
江國滋選 — 手紙読本 日本ペンクラブ編　斎藤美奈子—解
江藤淳 — 一族再会　西尾幹二—解／平岡敏夫—案
江藤淳 — 成熟と喪失 —"母"の崩壊—　上野千鶴子—解／平岡敏夫—案
江藤淳 — 小林秀雄　井口時男—解／武藤康史—年

江藤 淳	考えるよろこび	田中和生—解／武藤康史—年
江藤 淳	旅の話・犬の夢	富岡幸一郎—解／武藤康史—年
円地文子	朱を奪うもの	中沢けい—解／宮内淳子—年
円地文子	傷ある翼	岩橋邦枝—解
円地文子	虹と修羅	宮内淳子—年
遠藤周作	青い小さな葡萄	上総英郎—解／古屋健三—案
遠藤周作	白い人｜黄色い人	若林 真—解／広石廉二—年
遠藤周作	遠藤周作短篇名作選	加藤宗哉—解／加藤宗哉—年
遠藤周作	『深い河』創作日記	加藤宗哉—解／加藤宗哉—年
遠藤周作	［ワイド版］哀歌	上総英郎—解／高山鉄男—案
大江健三郎	万延元年のフットボール	加藤典洋—解／古林 尚—案
大江健三郎	叫び声	新井敏記—解／井口時男—案
大江健三郎	みずから我が涙をぬぐいたまう日	渡辺広士—解／高田知波—案
大江健三郎	懐かしい年への手紙	小森陽一—解／黒古一夫—案
大江健三郎	静かな生活	伊丹十三—解／栗坪良樹—案
大江健三郎	僕が本当に若かった頃	井口時男—解／中島国彦—案
大江健三郎	新しい人よ眼ざめよ	リービ英雄—解／編集部—年
大岡昇平	中原中也	粟津則雄—解／佐々木幹郎—案
大岡昇平	幼年	高橋英夫—解／渡辺正彦—案
大岡昇平	花影	小谷野 敦—解／吉田凞生—年
大岡昇平	常識的文学論	樋口 覚—解／吉田凞生—年
大岡 信	私の万葉集一	東 直子—解
大岡 信	私の万葉集二	丸谷才一—解
大岡 信	私の万葉集三	嵐山光三郎—解
大岡 信	私の万葉集四	正岡子規—附
大岡 信	私の万葉集五	高橋順子—解
大西巨人	地獄変相奏鳴曲 第一楽章・第二楽章・第三楽章	
大西巨人	地獄変相奏鳴曲 第四楽章	阿部和重—解／齋藤秀昭—年
大庭みな子	寂兮寥兮	水田宗子—解／著者—年
大原富枝	婉という女｜正妻	高橋英夫—解／福江泰太—年
岡部伊都子	鳴滝日記｜道 岡部伊都子随筆集	道浦母都子—解／佐藤清文—年
岡本かの子	食魔 岡本かの子食文学傑作選 大久保喬樹編	大久保喬樹—解／小松邦宏—年
岡本太郎	原色の呪文 現代の芸術精神	安藤礼二—解／岡本太郎記念館—年
小川国夫	アポロンの島	森川達也—解／山本恵一郎—年

講談社文芸文庫

小川国夫	あじさしの洲|骨王 小川国夫自選短篇集	富岡幸一郎-解／山本恵一郎-年
奥泉 光	石の来歴|浪漫的な行軍の記録	前田 塁——解／著者——年
奥泉 光	その言葉を|暴力の舟|三つ目の鯰	佐々木敦——解／著者——年
奥泉 光 群像編集部 編	戦後文学を読む	
尾崎一雄	美しい墓地からの眺め	宮内 豊——解／紅野敏郎——年
大佛次郎	旅の誘い 大佛次郎随筆集	福島行一——解／福島行一——年
織田作之助	夫婦善哉	種村季弘——解／矢島道弘——年
織田作之助	世相|競馬	稲垣眞美——解／矢島道弘——年
小田実	オモニ太平記	金 石 範——解／編集部——年
小沼丹	懐中時計	秋山 駿——解／中村 明——案
小沼丹	小さな手袋	中村 明——人／中村 明——年
小沼丹	埴輪の馬	佐飛通俊——解／中村 明——年
小沼丹	村のエトランジェ	長谷川郁夫-解／中村 明——年
小沼丹	銀色の鈴	清水良典——解／中村 明——年
小沼丹	更紗の絵	清水良典——解／中村 明——年
小沼丹	珈琲挽き	清水良典——解／中村 明——年
折口信夫	折口信夫文芸論集 安藤礼二編	安藤礼二——解／著者——年
折口信夫	折口信夫天皇論集 安藤礼二編	安藤礼二——解
折口信夫	折口信夫芸能論集 安藤礼二編	安藤礼二——解
折口信夫	折口信夫対話集 安藤礼二編	安藤礼二——解／著者——年
開高 健	戦場の博物誌 開高健短篇集	角田光代——解／浦西和彦——年
加賀乙彦	帰らざる夏	リービ英雄-解／金子昌夫——案
加賀乙彦	錨のない船 上・下	リービ英雄-解／編集部——年
葛西善蔵	哀しき父|椎の若葉	水上 勉——解／鎌田 慧——案
葛西善蔵	贋物|父の葬式	鎌田 慧——解
加藤典洋	日本風景論	瀬尾育生——解／著者——年
加藤典洋	アメリカの影	田中和生——解／著者——年
金井美恵子	愛の生活|森のメリュジーヌ	芳川泰久——解／武藤康史——年
金井美恵子	ピクニック、その他の短篇	堀江敏幸——解／武藤康史——年
金井美恵子	砂の粒|孤独な場所で 金井美恵子自選短篇集	磯﨑憲一郎-解／前田晃——年
金井美恵子	恋人たち|降誕祭の夜 金井美恵子自選短篇集	中原昌也——解／前田晃——年
金井美恵子	エオンタ|自然の子供 金井美恵子自選短篇集	野田康文——解／前田晃——年
金子光晴	絶望の精神史	伊藤信吉——人／中島可一郎-年

嘉村礒多	業苦｜崖の下	秋山 駿—解／太田静一—年
柄谷行人	意味という病	絓 秀実—解／曾根博義—案
柄谷行人	畏怖する人間	井口時男—解／三浦雅士—案
柄谷行人編	近代日本の批評 I 昭和篇上	
柄谷行人編	近代日本の批評 II 昭和篇下	
柄谷行人編	近代日本の批評 III 明治・大正篇	
柄谷行人	坂口安吾と中上健次	井口時男—解／関井光男—年
柄谷行人	日本近代文学の起源 原本	関井光男—年
柄谷行人 中上健次	柄谷行人中上健次全対話	高澤秀次—解
柄谷行人	反文学論	池田雄一—解／関井光男—年
柄谷行人 蓮實重彥	柄谷行人蓮實重彥全対話	
柄谷行人	柄谷行人インタヴューズ1977-2001	
柄谷行人	柄谷行人インタヴューズ2002-2013	丸川哲史—解／関井光男—年
河井寛次郎	火の誓い	河井須也子—人／鷺 珠江—年
河井寛次郎	蝶が飛ぶ 葉っぱが飛ぶ	河井須也子—解／鷺 珠江—年
河上徹太郎	吉田松陰 武と儒による人間像	松本健一—解／大平和登他—年
川喜田半泥子	随筆 泥仏堂日録	森 孝一—解／森 孝一—年
川崎長太郎	抹香町｜路傍	秋山 駿—解／保昌正夫—年
川崎長太郎	鳳仙花	川村二郎—解／保昌正夫—年
川崎長太郎	もぐら随筆	平出 隆—解／保昌正夫—年
川崎長太郎	老残｜死に近く 川崎長太郎老境小説集	いしいしんじ—解／齋藤秀昭—年
川崎長太郎	泡｜裸木 川崎長太郎花街小説集	齋藤秀昭—解／齋藤秀昭—年
川崎長太郎	ひかげの宿｜山桜 川崎長太郎「抹香町」小説集	齋藤秀昭—解／齋藤秀昭—年
河竹登志夫	黙阿弥	松井今朝子—解／著者—年
川端康成	一草一花	勝又 浩—人／川端香男里—年
川端康成	水晶幻想｜禽獣	高橋英夫—解／羽鳥徹哉—案
川端康成	反橋｜しぐれ｜たまゆら	竹西寛子—解／原 善—案
川端康成	浅草紅団｜浅草祭	増田みず子—解／栗坪良樹—案
川端康成	非常｜寒風｜雪国抄 川端康成傑作短篇再発見	富岡幸一郎—解／川端香男里—年
川村二郎	アレゴリーの織物	三島憲一—解／著者—年
川村 湊編	現代アイヌ文学作品選	川村 湊—解
川村 湊編	現代沖縄文学作品選	川村 湊—解

講談社文芸文庫

講談社文芸文庫

幸田 文 ——黒い裾	出久根達郎−解／藤本寿彦——年
幸田 文 ——北愁	群 ようこ—解／藤本寿彦——年
幸田露伴 —運命|幽情記	川村二郎——解／登尾 豊——案
幸田露伴 —芭蕉入門	小澤 實——解
幸田露伴 —蒲生氏郷|武田信玄|今川義元	西川貴子——解／藤本寿彦——年
講談社編 ——東京オリンピック 文学者の見た世紀の祭典	高橋源一郎−解
講談社文芸文庫編−戦後短篇小説再発見 1 青春の光と影	川村 湊——解
講談社文芸文庫編−戦後短篇小説再発見 2 性の根源へ	井口時男——解
講談社文芸文庫編−戦後短篇小説再発見 3 さまざまな恋愛	清水良典——解
講談社文芸文庫編−戦後短篇小説再発見 4 漂流する家族	富岡幸一郎−解
講談社文芸文庫編−戦後短篇小説再発見 5 生と死の光景	川村 湊——解
講談社文芸文庫編−戦後短篇小説再発見 6 変貌する都市	富岡幸一郎−解
講談社文芸文庫編−戦後短篇小説再発見 7 故郷と異郷の幻影	川村 湊——解
講談社文芸文庫編−戦後短篇小説再発見 8 歴史の証言	井口時男——解
講談社文芸文庫編−戦後短篇小説再発見 9 政治と革命	井口時男——解
講談社文芸文庫編−戦後短篇小説再発見 10 表現の冒険	清水良典——解
講談社文芸文庫編−第三の新人名作選	富岡幸一郎−解
講談社文芸文庫編−個人全集月報集 安岡章太郎全集・吉行淳之介全集・庄野潤三全集	
講談社文芸文庫編−昭和戦前傑作落語選集	柳家権太楼−解
講談社文芸文庫編−追悼の文学史	
講談社文芸文庫編−大東京繁昌記 下町篇	川本三郎——解
講談社文芸文庫編−大東京繁昌記 山手篇	森 まゆみ—解
講談社文芸文庫編−昭和戦前傑作落語選集 伝説の名人編	林家彦いち−解
講談社文芸文庫編−個人全集月報集 藤枝静男著作集・永井龍男全集	
講談社文芸文庫編−『少年倶楽部』短篇選	杉山 亮——解
講談社文芸文庫編−福島の文学 11人の作家	宍戸芳夫——解
講談社文芸文庫編−個人全集月報集 円地文子文庫・円地文子全集・佐多稲子全集・宇野千代全集	
講談社文芸文庫編−妻を失う 離別作品集	富岡幸一郎−解
講談社文芸文庫編−『少年倶楽部』熱血・痛快・時代短篇選	講談社文芸文庫−解
講談社文芸文庫編−素描 埴谷雄高を語る	
講談社文芸文庫編−戦争小説短篇名作選	若松英輔——解
講談社文芸文庫編−「現代の文学」月報集	
講談社文芸文庫編−明治深刻悲惨小説集 齋藤秀昭選	齋藤秀昭——解
講談社文芸文庫編−個人全集月報集 武田百合子全作品・森茉莉全集	